永远的乡愁

杨昌长 著

中国文联出版社
http://www.clapnet.cn

图书在版编目（CIP）数据

永远的乡愁 / 杨昌长著 . -- 北京 : 中国文联出版社，2015.8（2025.4 重印）

ISBN 978-7-5190-0167-4

Ⅰ . ①永… Ⅱ . ①杨… Ⅲ . ①散文集－中国－当代 Ⅳ . ① I267

中国版本图书馆 CIP 数据核字（2015）第 190841 号

永远的乡愁

作　　者：杨昌长

出 版 人：朱　庆

终 审 人：奚耀华　　复 审 人：王　军

责任编辑：郭　锋　　责任校对：林香云

封面设计：凤凰树文化　　责任印制：陈　晨

出版发行：中国文联出版社

地　　址：北京市朝阳区农展馆南里 10 号，100125

电　　话：010-65389139（咨询）65067803（发行）65389150（邮购）

传　　真：010-65933115（总编室），010-65033859（发行部）

网　　址：http://www.clapnet.cn

E-mail：clap@clapnet.cn　　guof@clapnet.cn

印　　刷：三河市宏顺兴印刷有限公司

装　　订：三河市宏顺兴印刷有限公司

法律顾问：北京市天驰洪范律师事务所徐波律师

本书如有破损、缺页、装订错误，请与本社联系调换

开　　本：880×1230　　1/32

字　　数：123 千字　　印　张：5.5

版　　次：2015 年 9 月第 1 版　　印　次：2025 年 4 月第 4 次印刷

书　　号：ISBN 978-7-5190-0167-4

定　　价：32.00 元

目 录

001 低吟浅唱皆心语/朱谷忠

第一辑 骈羽拾零

003 福安赋
005 白云山记
007 太姥山鉴
009 东狮山吟
011 廉村赋
013 富春溪吟

第二辑 散札掇片

017 春天不老
019 爱蛇者说
021 蜂之舞曲
023 五朵金花

025　山哈乃宝
028　我的阿婆
030　杨梅新妇
032　爱如潮水
034　浅水湾
036　温婉茜洋
039　锦绣后洋
041　卓越化蛟
043　龙井坑
046　小城故事
049　大　爱
052　民　生
054　颜石成“金”记
057　拷　鼎
059　马行健，春无限
062　羊行善，春烂漫
065　梦回喜对小山茶
067　种苗木的王老汉
069　郑华延的三头衔
071　山里人和他的养鲍场
073　永生的马路天使
076　九月低语拨清音

第三辑　舌根撷趣

083　绕　蒙
085　艾　蒿
087　糊　溜

089 黄 瓜
091 撩麦糍
093 牛松菇
095 山薯仔
097 锁匙芽
099 嘴沿菠
102 豆腐团
104 合花菜
106 黄花菜
108 苦益菜
110 烰番薯
112 麻笋咸
114 虾苗糟
116 穆阳扁肉
118 米稜糌豆
120 松罗葡萄
122 甜糟焯蛋
124 穆阳水蜜桃
126 溪东番石榴
128 福安中秋饼

第四辑 岁月爪泥

133 洋山路
135 路 魂
139 走读华清池
141 艰难困苦见情韵
144 红叶纷飞忆将才

146　勇士辉煌化金星
149　双枪李然妹
152　岭后开遍映山红
155　戎马倥偬挺英豪

160　后　记

低吟浅唱皆心语

——序杨昌长散文集《永远的乡愁》

朱谷忠

这些年来，乡愁成了一个热词。但乡愁是什么？有人说：乡愁是一种对家国、故园的记忆，一种经久不衰的情愫。我以为，这个说法道出了今天无数人的同感。

既有同感，那么对于作家、诗人来说，总会对自己有一种提醒、一种关注、一种催促，一种不把内心的感触写出来便觉得于心不安的情形。近日，接到作家杨昌长的新作散文集，一看书名《永远的乡愁》，就顿觉有一种思绪、一种情感立即若隐若现地飘拂过来。

杨昌长在散文领域已耕耘多年，出版过几本书，他深迷此道且写作勤快，在报刊上也常发表作品，大都为精短的文字，传达的往往是生活中新鲜的气息，或事物很有意思的一面，清新真挚，令人喜爱。

这本新作，我细细看了一遍，发现他完全是从自己的心性出发，紧紧围绕“乡愁”，多角度地把自己对闽东乡土最诚挚的感情表现出来。他不贪大，只从一村、一溪、一树、一草或一个个有名有姓的人物写起，虽用他自己的话说只是对这一切进行“拾零”“掇片”“撷趣”“爪泥”而已，但我看到，这有意无意的“见微知著”的写法，却实实在在地连缀起一幅有根基的隐隐幽幽的乡愁的水墨画。试看这本集子，无论是从《福安赋》《廉村赋》《太姥山鉴》《白云山记》《东狮山吟》《富春溪吟》等作品，或是从他记述的在这片热土上走过的前辈人士、创业人物和普通百姓，都感觉有一根线牵系着他的心怀，或把清新的景物拉近到读者身边，或把人性的真善美和盘托现在读者面前；前者既有对这一切直接和敏锐的观察，后者也有对这一切忠实的记录和传神的描摹，因而也格外有一种乡土的历史感和人生的真谛和兴味。

看来，乡愁确是杨昌长自有的难以磨去的肤色，他的情感，自然也会染上了这种色泽。于是他带着这种心结，怀着对闽东山水的挚爱，一直在倾听着、浅吟着、低唱着、抒写着。从行文看，他显得轻松随意，既有触发的个性独显，也有感悟的拈花一笑；有时，他会让人觉得心胸特别厚道，对故土的一切都爱之有加，说起来也如数家珍，诸如对外人并不知名的“龙井坑”“浅水湾”“茜洋”，等等，他也能写得简约又鲜活，更不要说那些一看就令人舌根生津的特产、瓜果，诸如溪东番石榴、穆阳水蜜桃以及各种风味小吃。这一类的文字分别打开的一扇扇窗子，足以让人置身于一个个鲜美的场景或意境之中。

无疑，作家杨昌长的乡愁是看得见山、看得到水和看得见人的。这部集子既是他和乡土的一种对话，也是与读者的一种交流。纵观这些作品，我觉得从乡土和生活中提炼新鲜的意象，进而提升此类文字的表现力，同时加大对情感内蕴的挖掘，仍是他今后必须多下功夫的方向。我相信杨昌长会以此作为一个新的起点，在写作上继续奋发有为，为读者奉献出更多更好的作品。

2015 年 5 月写于福州

（此文 2015 年 6 月 28 日发表于《福建日报》“武夷山下”）

注：朱谷忠，福建省作家协会副主席、国家一级作家。

第一辑

骈羽拾零

福安赋

山水福安，温麻故壤，星分斗牛，地辖三阳。夫闽头浙尾兮，惟五福之乡欤。

悠悠长溪，由周而降，三千经年，历代鸿章。理宗赐县，宋治韩阳，传祚八百，虎踞龙盘。今古府衙，倚镇扆山，左鹤右龟，北狭南长；仙岭西峙，天马南翔；傍水临崖，五马东骧。长溪千里绵延，桑梓万众耕灌；天池三台印月，丘壑重峦叠嶂。斯温热季候，亦适女宜男。

福安形胜，冠绝东南。云山崔嵬，终成大器；洞宫逶迤，故垒细浪。瓜溪桫椤，北国亦罕见；九龙洞府，世界属奇观！赛江群牛硕，急流迂回；白马港门窄，惊涛拍岸！

福安人文，八闽风范。三贤仙列，堪比陈蕃下榻；四美神聚，不逊紫电青霜。明月尝苜蓿，清廉家风千古传；谢翱恸西台，大风歌作文公唱；虎臣杀似道，忠肝义胆木棉庵；中藻吞金薨，梓邑无语欲断肠。山川相缪，郁乎苍苍；长溪青史，壮哉煌煌。一叶飞舟，几多喟叹；九马立峰，万众瞻仰！风云际会，红色波澜；俊彦星驰，推倒三山！嗟噫嘻！道不尽人文之繁富，叙不完山川之盛况！

福安物产，丰盈倜傥。坦洋工夫，巴马折桂；南国葡萄，强似吐蕃；生态绿竹，飞燕玉环；墩头油茶，恩来褒奖；按摩器具，风流华夏；电机船舶，力压扶桑；千亿集群，鏖战犹酣！嗟夫！大化流行兮，竟百业咸章！

闽东大邑，改革开放。喜东风吹闾阎，请缨无论娇和郎；欣好雨知时节，弄潮焉分叟与壮！九州踏歌，尽抒凌云之壮志；三秦探骊，浑采渭水之蕙兰。于是乎，南野桑阴，竟高楼拔地而起；岩湖板障，闻弦歌丝竹阙里；龟湖夕照，木栈道平添花溪；马屿香泉，馨兰芷天润国际……

富春澹澹，一路汤汤；天马巍巍，两翼款款。夫今日之福安，恰巨轮之起航，乘时代东风，践科学发展。挑大梁，走前头，求先行，西拓南展；三区域，六组团，争跨越，做大做强——建设六新大宁德之华章！

赞曰：闽越古国，邹鲁之邦。开天辟地，畲汉自强。八百载兮，海纳百川。世纪放歌，雄哉福安！

（此文 2013 年 8 月 1 日发表于《福安文艺》）

白云山记

白云之山，世地公园，造化千万年，与天四季分，韩氏冰川说，壶穴亦莫衷。斯山也，北倚仙霞，西邻洞宫，东接太姥，南眺东冲。海拔千四，半腰莲峰锁泉；清流五六，一宇道迹僧踪。奇峰错列，峭壑纵横；生态罕象，九州风闻；地质奇观，世界殊同。是谓“崔嵬甲东南，神秀比武当”。

白云山者，大美之山也。千峰竞秀，迤逦笑指八闽；林台棋布，怪险通幽九龙。百丈飞崖，群虬攀缘；龙亭长榭，坐爱丹枫；金钟如黛，万笏同晋；黄兰犹渊，千车并雄。林林总总兮，灵秀竟天成！白云山兮，天造地设，幻化非同。卯射金乌如盘，辰驰云海腾空，雨霁佛光叠重。夫斯山之三绝也，盖大千世界拨弄！

春上云山，一路丹茎翠藤；夏临天池，半塘午荷芬芳；秋泊三台，双星庵观听钟；冬伫龙丘，浑觉城垣伟雄。更喜春夏之交，草木际天，猕猴奔突，狍獐竞逐；尤欣秋冬雪月，丹鹤南去，娃鱼沉泥，冷泉凝却。四时大美兮，地利与天时！

白云山者，人文之山也。青山本无性，情注畲茶古。唐时令之，栖居北山，明月清风，古韵犹存。南宋皋羽，故里樟坂，谢翱诗文，卓领文昌。临安太后，公厅懿范，道清悲歌，吟咏良善。白云青山，畲豹绚烂，山哈情怀，忠诚无量。畲族文化，更著胜场，凤凰传奇，谱就华章。白云山乡，佳茗馨香，坦洋工夫，异邦夺冠，莲峰云雾，不菲银两，三杯入喉，腋下沁汗。代代俊杰，人人居上；朝朝清逸，邹鲁摇篮。文以载道，洋洋大观；悠悠文脉，款款相传；绳继祖武，宝树腾芳；紫燕衔泥，锦鲤昭祥。

白云山者，神秀之山也。道听途说，八仙下凡，樵夫观棋，三代一晃。又云：缪仙收九龙，铁拐降金蟾，嫦娥走月宫，哼哈出二将，何仙巧建塔，莲池冒柱杆；又闻：白龙团祭母，鸭皇后易妆，三十六鱼池，七十二天窗，四万人掘银，三千客挑粮。六月游晓阳，六暝神戏透天光，迎神布施广惠观；四旬入庙观，观摩天圆与地方，亲莅道德诵法场，领略吹念作打，钟鼓道乐混响，通神达圣，法音绕梁，感受道法自然兮，天人合一，宠辱皆忘。

呜呼！白云名山，大美神秀，八闽大观。野芳发而清幽，佳木郁而蓊郁，既养眼怡情，又洗却烦忧，曷不委心任悠游？吾安往而不乐，夫复兮何求！

（此文 2013 年 9 月 1 日发表于《福建日报》“武夷山下”）

太姥山鉴

海上仙都，太姥之山，雄峙闽浙，盘踞东南。襟滔滔沧海，携绵绵桐山，揽九鲤溪瀑、晴川海滨、桑园翠湖、福瑶列岛、太姥山岳之五景；拥山峻、石奇、洞异、溪秀、瀑急之五观。合十全之吉数，汉武御笔“天下第一山”！

太姥之山，鉴其名耶，乃尧时老母于斯种兰，适逢道者指点羽化而登仙也。故名“太母”，后易“太姥”。

斯山也，云亦迤逦，雾亦温婉；崖也崔嵬，谷也遐观。纵目山峦，每逸兰馨，常驰流岚。春夏交汇，草木际天；秋冬重合，百卉被霜。山巍巍而奇色，风萧萧而殊响，日近海而沉彩，月上峤而飞光。一年四时，莽莽苍苍，横无际涯，气象非凡！斯山也，亿万有年矣！历万物之代谢，阅荣枯之更替，每临猿猴以咆哮，常抱形石而咏叹！闽人谓太姥、武夷是“双绝”，浙民视太姥、雁荡为“昆仲”。观三山地理，武夷坐西，太姥居中，雁荡望北，山阿成鼎足之势以虎视东南，闽浙因峻峭之岳而大美天下！

太姥之山，文之可鉴也。方圆百里，四绝纷然，或睹诸仙驭鲸以赴会，或眺兰萱浣纱而唱晚。古时，容成子炼丹一片瓦，薛明月修身单罗汉，朱文公布道璇玑洞，陈阳极诵读白云庵，萨头领威镇天门岭，林侍御结庐山草堂。近代耶，吴厝子临溪成诗魁，磻溪生紫电亦青霜，孔后昆谙通诗书礼，昭明僧钟鼓复绕梁！呜呼！巍巍太姥，纤秾千古，人文渊薮，卓领文昌！

太姥之山，物之可鉴也。开化肇基，始于马栏，设县治所，源至清皇，史袭三千，日祚九万。天铸福鼎匡社稷，地造吉镬富梓桑。龙岗陶器，文明滥觞；天峰勒石，千古谜藏；夜明袈裟，高标懿范；山海连襟，怀抱秦乡；四面通衢，沙埕金黄；白毫银针，陆羽褒奖；如锤槟榔，粉糯流香；四季佳柚，仙姑亦馋；玄武宝石，女娲采镶；世人称羡，鱼米之乡；膏腴之所，孙文点赞。山之秀也，水之润也，物之丰也，开工应物，大化昭彰！

太姥之山，政之可鉴也。太姥所属，温麻者乎，唐归长溪，可称旺属，元明清隶，福宁一府。晋唐更替，元明沉浮，清朝民国，已然马虎，政疏山野，石荒草枯，名胜之地，车马绝途。天下大白，共和建立；执政为民，筚路蓝缕；修馆设所，革新固基；治世有凭，唯民则立；申报世园，五颗星级；太姥风采，今非昔比；全赖干群，开拓新宇！

呜呼！太姥之鉴，乃文之鉴、物之鉴、政之鉴也。三鉴归一，乃人心之鉴也。人心兴，乃国家兴；国家兴，乃太姥兴；太姥兴，则民之幸甚矣！

（此文 2015 年 2 月发表于《宁德通讯》“镜台山下”）

东狮山吟

东狮之山，太姥主峦，俯视柳城，仰观浩瀚，襟龙溪以逸岫，捋狮鬓而听岚。山之景兮，秀色天然。或灵岩叠翠，或仙人锯板，或百丈朝暾，或仙人棋盘，或龙井飞瀑，或旗峰插汉，或碧水映月，或青龙卧岗，或石屏竞秀，或天峰奇观，合三十六形胜，共七十二景观，是谓“气拔太姥，天下奇山”！

狮山之秀者，在于绿被柘邑也。山叠翠，南翠于韩水；峰簇绿，北绿于桐山。广袤百里，阔乔千顷，游目骋怀，盈扩胸腔。东狮山兮，绿茵逶迤，形兼武夷之秀；苍翠辽邈，质同岱宗之环。或峭岭重叠，或险洞相连，或绝壁高悬，或涧谷低平，参差皆有态，错综比桂林。罗亭峰，绿蕴朱亭，神奇迷千古；普悦峰，绿染光普，传谜慑心旌；青云峰，绿拥云屏，风传出罗隐。蟠桃洞，仙掌插绿喷龙涎；白马洞，马翁梦绿生元君；灵岩洞，灵泽踏绿终显灵。绿蕴招远客，生态惠百姓，豢养一方人，蓄护万颗心。绿润东狮山，绿绒泼云林，绿城黎民筑，绿韵天地行！

狮山之奇者，在于神佑桑梓也。山不在高，有仙则名。懿正修于斯，祈雨即应；广惠塑圣座，震古烁今。青云宫，锃亮法器音碧树；三曹院，日照香炉生紫烟。妙哉，东狮山！马仙二六挟法伞，诸神四七渡慈航。仙屿公园，游人纷至，只为一睹仙姑芳容凌绝顶；泰安宫内，信众沓来，盖因三叩天禄真身洗凡心。仙风道骨，纵横吞吐，芸芸众生，虔虔一如，仙佑庶黎，道护吾民，灵岩超度，普光承幸。嗟噫嘻！奇哉东狮山！仙人云中遇，人仙共画屏！灵韵所致兮，得失在民心！

狮山之美者，在于人构和谐也。人文上城，千载风闻。游朴之气，乃圣贤之正气；陈桷之德，缘中华之美德；天禄之善，亦炎黄之上善。柘县虽小，有龙乃大。片石堂前，院昧灯明，游朴诵读惊晓星，三事法曹绝冤案，一生廉洁展才英；探花冢上，竹茂松青，陈桷三平多高俊，可恨高宗疏贤卿，千古狮山镌清名；泰安场上，月朗风清，枕戈待旦袁义军，终生事明不二臣，留取丹心照汗青。东峰碑林，文化精英，乔石泼墨，心诚草行，荣凯挥毫，增光书秉，高标直泻狮子岭，中华醒兽聚仙亭，锦鲤活璎珞，柘树匝柳青，东狮山下长寿乡，柘洋自古剪麒麟，海西药城人和谐，生态养生可安命！

呜呼！东狮名山，八闽览胜，大美人文，奇秀天成！“为政以德，譬如北辰”，恭迎盛世，理朝逢净，廉洁自律，天下归心，悠悠人脉，载奔载欣，十万尧舜，天道酬勤！余之草吟，可昭寸心！

（此文2013年8月发表于《宁德通讯》“镜台山下”）

廉村赋

爰有人类，当溯华夏，天下廉村，惟兹一家。遥思唐时补阙，灵谷以孤诣，石矶而耘耙；南苑以折桂，东宫而侍大；一朝成名兮，冠盖殊京华！

夫木秀于林兮，风必以摧塌。令之高行，灿若云霞；林甫专权，跛扈无他；苜蓿廉臣，难逃簇靶。嗟乎！东园以自悼兮，饭涩而难绾；无以谋朝夕兮，何由度岁寒？负劲节以谁识兮，立高标而谁赏！开闽进士兮，日黯黯而云惨；明皇昏聩兮，愤满满而辞官！于是乎，返桑梓采菊兮，效东篱之陶郎！

沧海桑田，星移斗转。感佩薛氏之大德兮，诚慕恩师之风范。肃宗当朝，特敕石矶津为廉村，尤赐桑梓流为廉溪。金口甫开，佳气渐漫，遂召明月清辉映四海，大唐遗风荡八荒！

朝代有兴替，明月无变幻；天地存正气，世代馨芷兰；菁莪聚满室，桃李溢芬芳；心灵寄寓所，大化可昭彰！斯村也，从兹旭日耀于苍穹，清濯澹于垓壤。虽经岁月洗礼，然亦星辰璀璨。自唐以降，俊彦源源以秀出，英才屡屡而云翔；一屯卅三榜进士，单门有五探花郎。华夏唯廉，曜厥清朗。南宋朱熹随父访廉庐，赵代陈最敦亲卜斯乡。于是乎，程朱理学漫阙里，孝廉正道树高坛。弦歌每每曼妙，清韵时时拨响，最是廉水涨潮日，文破八闽之荒！

共和雄立，春风绛帐；凤凰来仪，滋青兰畹；传统村落，高标懿范。“中国历史文化名村”，蜚声拨人心弦；“福建廉政教育基地”，清音催人向上。昔日石矶津，今成养廉圣地；往日明月祠，常聚紫电青霜。风云际会，华夏崇廉；时代进步，清风拂帐；莘莘学子，仁人志士，川流不息，趋骛观瞻。一瓦一墙，当是令之留鸿爪；一石一道，皆为明月遗旧玩；一草一木，均蔚廉域之大观！

壮哉廉村！踔厉儒雅地气，飞扬清奇风神；金紫光禄巷道，扬州八怪遗人；廉正克承家学，村区含蓄史风。今日里，美丽廉村，举世公认！清风生于爽籁，悠扬源自温润；桂园张兮，箫鼓陈；诗书画兮，娇上春；凤池清兮，莲鱼戏；月亭明兮，射乾坤！华章载大道，人文著精神！

伟哉廉村！邹鲁之乡，渊薮弥深；文脉流长，不尽其盛！回眸千年青史，浩浩冯虚御风；前瞻万里征程，行行腾蛟起凤。瑞国官员见赏，天竺女神看疯。斯乡也，今日里，新叶不负芳林，旧铎再振金声；凛然持节以守正兮，苟利国家而赤城，厥垒廉之精神——万里长城！

赞曰：中华兹村，懋穆古风，明月朗曜，薛氏簧门；廉莲花灿，民族精神，世德作求，美哉廉村！

（此文 2015 年 5 月 26 日发表于《福建日报》“武夷山下”）

富春溪吟

过坂之东，扆邑之西，古有苦春溪，因溪畔遍植苦竹而得名；今谓富春溪，缘苦尽甘来讨吉利。富春溪乃韩阳十景“富春览胜”实景之地。斯溪也，衔长汀，引船潭，携天马，控化蛟，浩浩汤汤，湲湲款款，朝晖夕阴，气象非凡，此乃兹溪之大观也。

斯溪肇始于东川，滥觞于西渠。东承庆元、寿宁之水合于金峰；西纳桃山、平溪之流注于县域。俯而目之，二流千回百转如痴妇寻夫以不离不弃；迫而视之，双溪十跬一濑似村叟负柴而且步且行。二派汇湖坂，聚船潭，其流焉载欣载奔，一路潺潺；其注乎时急时缓，千秋澹澹！

富春溪兮，既崎岖以逶迤，亦澄莹而清逸，斯流泽惠万物以造化天地，兹水温润众生而恩沛百姓。然往昔亦桀骜不驯乖张暴戾，贻民财物戕害生灵。谓予不信，有以载明志可证之矣。“宋绍兴二十年，大雨连旬，东平二溪水涨没邑。龟湖寺顶仅容数百人，忽长蛇突出，人皆惊溺。田庐漂尽，浮尸数百，积于栖云寺前，僧立流骸冢埋之。”复明成化五年，“二溪交溢，水声如雷。须臾，屋倒楼翻，浸入县治仪门……死者莫算，沿江陂塘冲陷，田禾绝粒。”又明万历九年，“初九夜，溪流汹涌弥漫，所过如扫，自西北而注之东南，城无半堵，巨浪高于敌台。民有全家沉覆者，有各抱一榱一楹自郊外历城逐流天马山下，远逾海外，生死相半者矣……”

嗟乎！一水暴戾兮一坍土木，一流肆虐兮一城夷族。唐宋阖阴，元明沉浮，竟使韩邑庶民遭此水殍！

天造孽，不可悚；人积德，尤可补。承幸共和立，纪元辟，毛邓翁，兴水利，胡习公，开新宇，浩浩乎如冯虚御风吹得山头绿，飘飘乎如公孙舞剑缀得乱花迷。于是乎呼得鹫峰青，白水碧，潭川澄，社流绿，滔滔两派敛乖僻，沿沿修竹尽疏密，环保生态显威力，汀渚漫漶终黄历。嗟乎！咸凭邓公倡改革，发展才是硬道理，卅年举鹏程，亿兆回天力！科技当传奇，转身固雄堤，小楠胜大砥，合力闯龙潭，直剥敖王皮。承恩沐露，民在野而心相聚；戮力同怀，官在堂而言必行。于是乎，公仆甫擂震天鼓，畲汉即运铁掌力。鏖战沙场，齐心搏击，欣见铁壁巍巍锁蛟龙，乐睹秀水莹莹润春溪，最是好时期！

宸邑之西，千古苦溪，韩域之漶，循规蹈矩。且看今日之富春，溪桥拓宽，富阳如虹，韩阳易貌，过坂满春。天堑变通途，江家已桃渡，溪岸开发，如火如荼，栈道景观，蜿蜒天路，城中之河，扑闪瓔珞，秀色天然，靓吾心目，故园今非昔比，桑梓昨匝今阔。煌煌乎！海西崛大邑；泱泱兮！欧闽靓宏区。全凭巧布局！

嗟噫嘻！今日里，富春溪，上有船潭泊舢板，下有阳春秀天然，西有长汀馨兰芷，东有龟湖鸥鹭翔。水潺潺兮，吟风踏月泛春江；园郁郁兮，策老扶幼以遐观。可友春色携闾阎，优哉游哉效冯唐；可侣潇湘偕仁属，修竹丛中画长廊！

呜呼！江山兴替，苦富嬗递；资政精敏，社稷福安！

（此文2015年1月26日发表于《今日福安》副刊）

第二辑

散札掇片

春天不老

雨水过后，乐见阳光，踏青不老村，无疑是个选对的地方。

坐落闽东鹫峰山脉的不老村，前一段的寒气，已被季节的手臂推开，田畴厝边，一片片桃花红、李花白。那纤柔的花朵儿，暗香浮动，巡逡徘徊花丛中，深吸几口氤氲的花气，那若即若离的芬芳，似乎让人萌生一种青春不老的情怀。

村名不老，其实老矣。谓予不信，明《福安县志》记载，即为佐证。这个村子返老还童焕发青春，只是近一二十年的事情。近年来，这个600来人的村庄，已连续三届获得宁德市“文明村”和福安市“文明示范村”“小康示范村”的称号。

伫立村头，眺望不老村景，晨光中，一栋栋瓷砖贴墙的房舍，折射出洁白的光泽；村口的鱼池边，上了年纪的老人，聚集一处边晒太阳边唠嗑；村头路上，一群花季少年正背着书包，走向近在咫尺的上白石学校……春天的不老，看不出丝毫的老气。

说起不老村的变化，不得不提到该村能人郭清平，城里某领导岗位退休后，毅然回到不老这个清贫世界，带领乡亲们垦荒造林，利用当地独特资源优势，创办了一个农业发展有限公司，采取“公司+农户+股份”的模式，优先吸收计生三户为股东，让村民们的腰包都鼓得满满。

公司大门前方建一鱼池，池中假山石上镂刻周总理“绿色油库”的手泽。这个村子，毗邻墩头，当年均隶属上白石乡，福安今日之所以获“中国油茶之乡”的殊荣，自然蕴含不老油茶贡献的成分。郭清平带我们走进公司榨油车间，是时已过榨油季节，车间内 4 台锃亮的榨油机器，据说是花了巨资从云南引进的。在其他车间，现代化的设备也一应俱全。逛毕，他还引导我们到公司的油茶、茶叶生态园观光。4000 多亩油茶、茶叶生产基地，像繁星镶嵌在鹫峰山脉的七沟八梁。每座生态园的坡顶上，均建有一亭子，置身亭榭之上，你的眼球大可穷尽千顷绿绒，让你的视觉产生一种放飞的快感。还在生态园内圈养了土鸡、田鸭，在鱼池中放养了许多鱼鳖，公司还自酿了黄酒和酒娘。游人在公司“农家乐”休憩，可品饮当地生产的香茗——金观音、黄观音和乌牛早，可饕餮地道的太子参炖土鸡、田鸭和甲鱼，可消受不老的有机果蔬和稀缺的山珍。一句话：春临不老，四处妖娆，放飞心情，不分童叟，休闲度假，其乐陶陶！

哦，春天不老，这个村子处处都洋溢激情！

（此文 2014 年 3 月 2 日发表于《福建日报》“武夷山下”）

爱蛇者说

蛇年说蛇，不妨仿柳宗元《捕蛇者说》，也来个《爱蛇者说》。

当年，柳子厚被贬永州，为吐胸中之块垒而著捕蛇之文。

其实，蛇与我们这个国度、这个民族，有着牵扯不断的情结。你见过华夏图腾龙的壁画么？你见过神话传说女娲的肖像么？你见过封建王朝龙袍和蟒袍么？不管是画的或者是绣的，全是清一色的蛇身！即使是域外的古埃及抑或前欧洲，也把蛇的形象作为皇权的象征。蛇即龙也，龙即蛇耶。不然，“二月二”蛇冬眠后爬出洞口，咋会被唤作“龙抬头”呢？

作为一介爱蛇的草根，我对这“爬行一族”，心中总是填满好感。一条一公斤重的蟒蛇，一年可以吃掉超过自个儿体重40多倍的田鼠，可以为农夫从鼠口夺回数百斤的稻谷菽麦。单凭这点，你能说蛇不是人类的朋友么？更何况蛇类还为人类奉献蛇胆、蛇皮、蛇蜕、蛇毒，成为治病良药。

然而，这世上尚有一些人对蛇类朋友至今还存有偏见，总是拿寓言《农夫与蛇》说事儿，把恩将仇报的恶名强加在蛇的身上。可谁知，这完全是误会。冬眠期的蛇被农夫揣在怀里后，差点被闷死，还好它苏醒了，这时它看到四处漆黑，出于一种生存本能，它才给农夫来这么一口，其目的是欲冲出不见天日的“围城”。为什么有人对蛇年复一年地从鼠口为农夫夺回活命之食视而不见，而偏偏纠缠于蛇的生物本能？遥想隋时，当年隋侯救活了受伤的蛇，一年后蛇便衔来一颗明珠报恩，所以人们都把“握灵蛇之珠，抱荆山之玉”传为美谈。

尽管受了委屈，蛇类还是宰相肚里能撑船，不然咋有“蟒蛇吞象”之谣传？蛇类任凭他人或画蛇添足造谣中伤，或杯弓蛇影疑神疑鬼，或蛇蝎心肠诅咒谩骂，它都我行我素，不为语累，不为己悲，蛇是坦荡荡真心英雄一个，管他常戚戚于小人诽谤！蛇虽然大肚能容襟怀坦荡，但总有人对他心怀敌意，口存馋想。据媒体披露：某地每年葬身人们口腹的“蛇类一族”就重达十多吨，从而导致某地鼠满为患，而这种饕餮天物灭绝蛇性的不齿行为，竟大多是谙知保护生态环境基本国策的“正人君子”所为！

爱护蛇吧，呵护蛇吧！“白素贞”和“小青”也是地球大家园里的一成员啊，它们是保护生态环境的天然卫士，爱护、呵护它们就是爱护、呵护人类自己。假如不制止滥杀蛇族的野蛮行为，让“正人君子”日复一日地吞食“蛇类一族”和其他野生动物，我们这个黄土地的星球，必将要在哪一天失去生态平衡，失去整个人类赖以生存的根本！但愿余之《爱蛇者说》，并非虚妄！

（此文 2013 年 2 月 12 日发表于《福建日报》“武夷山下”）

蜂之舞曲

春和景明，陌上草薰。福安畲村坑里700多亩平月生态茶园、200多亩护茶花卉，被春姑娘的巧手点缀得簇新簇新；尤其是杜鹃、山茶、金桂、山樱，在众香国里绽蕾吐英，惹得附近的雷家蜂群，在方圆三四里的天空嘤嘤嗡嗡地哼着小曲，舞个不停。

蜜蜂，这种昆虫中的精灵，作为引路天使，它把我们带到了畲民雷奶贵的厝边。雷家门虽设而常无关，我与老李便径直踏进了门内的天井。“老雷，老雷，在家么？”老李人虽老，嗓子却大，他叫唤比他小四五岁的雷奶贵。轰——正在箱内值勤的蜜蜂听到外部人嚷，便“哧哧哧”地扑闪着薄羽，从箱内钻出向我们直扑过来。这架势我从未见过，唬得连忙抱头意欲逃窜。奶贵听到叫声从屋内出来，见我们连忙“嘘”一声，示意我们不要出声。说也奇怪，我们屏气敛声会儿，蜂儿便飞散开了。

都说山哈好客，这我信然。老雷打开冰箱拿来蜂蜜，以蜜代茶沏了两杯，我们润喉后，老李便轻声发话：“你老伴上哪儿啦？”“到平月茶园干活去了。”老雷应答。“上了年纪不在家享清福，那么好挪（勤快）。”老李说。“在家闲着也是闲着，家里她待不住呢。”老雷说着，又从冰箱取来水果招待我们。我环顾雷家陈设，应该不输镇上小康之家，只是天井两侧及楼上屋檐下摆了许多蜂箱，跟一般人家有所不同。

说到过去，奶贵告诉我们，三十多年前日子过得相当寒碜，用畲语说可谓是“启蒙妻乌墙冬，莫毫冬”（吃饭是有上顿，没下顿）。当时，作为计生户的他，送一个孩子到邻村南山小学念书，连学杂费都得赊欠。那年头，他拾过牛粪做过蘑菇，一年到头除了填饱肚皮，几乎没什么盈余。90年代初，老雷上山拾柴草时，不经意发现几只蜜蜂在他的柴垛上盘旋，他突发灵感：坑里周边满山茶园，满树茶花，何不利用茶花和山上的野花蜜源来养些蜜蜂？他从镇上养蜂人那里，买了一箱蜜蜂回家试养。提起养蜂这活，他说也不轻巧，一要注意避开野蜂、蟑螂等天敌的侵害；二要避免蜂群被他蜂引诱而逃群迁飞。此外，在采收蜂蜜时还要有一定经验，弄不好脸被群蜂蜇成个瓠头（水瓢），也是常有的事儿，这些苦头，起初老雷还真的没有少尝。后来，他买了养蜂书籍，对照书本知识慢研细磨，终于成了当地的“养蜂大王”。

如今，已担任村干、计协会长的雷奶贵，除了张罗集体的事外，还得天天与蜂共舞，并用自己的一技之长，帮助三村五境的村民致富奔小康，帮助集体壮大经济力量。这不，前些年他带头捐资盖了一所校舍，去年又募集一笔资金修通至邻村的道路。

嗡嗡嗡，又一群蜂儿衔蜜归巢了；嘤嘤嘤，又一群蜂儿采蜜起飞了。望着这些精灵哼着舞曲在空中飘逸，我的心哟，和老雷、老李一样，充满了甜蜜。

（此文2014年3月23日发表于《福建日报》“武夷山下”）

五朵金花

“城中桃李愁风雨，春在溪头荠菜花”。当荠菜花开遍了福安市秀峰村的溪头，这个村的数百亩田畴，便盛满了一畦畦葱茏的绿意。那菊花菜、油麦菜、甘蓝菜、上海青、生菜、香菜等叫得上名或叫不上名的蔬菜，都挨挨挤挤、闹闹哄哄地码在那黑得淌油的菜畦里。

杨员梅、王友英、元亚芳、李古兰、潘元珠等五个姐妹，猫在各自承租的菜地里起菜。她们的衣裳五颜六色，就像盛开的花朵儿点缀着绿色的田野，无怪乎当地村民都戏谑她们为“五朵金花”呢。“五朵金花”择菜的动作很娴熟：拔菜、捣土、去菜头、剔败叶，然后装篮或装箱，一道道工序利索紧凑，你置身菜畦，看她们采收蔬菜，仿佛是在欣赏一幅村姑的田园采菜画。

“五朵金花”绽放福安市秀峰村，已有十个年头了。她们并非福安土生土长的农村妇女，而是从大老远的江西飞到福建来的种菜女。她们中年纪最大的45岁，小的还不到30岁，且都是清一律的“计生三户”。其中杨员梅的丈夫潘小林、王友英的丈夫姜富钢，原先均在江西一私企煤矿当矿工，他们整日价蜗在不见天日的矿井里干重活，每月的收入也只有2000多元。

最让杨员梅、王友英窝心的是，自己的丈夫一大早去上班，夜晚能否安全回家都得打上问号。她们曾见过别人的丈夫到那黑矿，便一去不复返了。女人家嘛，见到被开水烫的连冷水都害怕呢。于是，两个女人便不让丈夫去掏矿了。不掏煤咋生活呀？她们不知从哪里听到福建开放好挣食，男女大都跑去办工厂，田地多撂荒，就萌生了到福建淘金的遐想。农村人其他手艺不会，种菜是老本行。她俩便撮合了当地三个妇女，给丈夫吹枕边风，靠女人特有的软磨硬拽，硬是把各自的丈夫拽到福建福安来安家。

起先，她们在福安市郊承租了几十亩菜地，靠种菜谋生。可日子一久，她们发现这些地块，渐渐被城市建设的钢筋水泥给淹没了，剩下的却因承租费的上涨而不得不放弃。经过勘查比较，最终她们选择了离城区较近，且山明水秀的秀峰村作为蔬菜生产基地。十年来，“五朵金花”与她们的丈夫已融入了当地社会，她们在这儿生儿育女，她们在这儿为城市提供绿色的希冀。当地镇村两级政府也把她们视同当地群众，并为她们提供了均等化服务，将她们的子女纳入当地的学校培育。去年，“五朵金花”中的两户家庭，还被当地社口镇政府列为“新农村新家庭示范户”呢！

“人间三月三，荠菜胜灵丹”。在荠菜花开遍溪头，开遍田畴的季节，“五朵金花”又岂止只是收获了生活的美丽？

（此文2014年4月27日发表于《闽东日报》“太姥山下”）

山哈乃宝

畲民钟乃宝，四十开外，身材魁梧。那天和朋友相聚，恰巧他也在场。初次认识见他热情好客，十分健谈，与之闲聊，甚觉投缘。他邀我上他的山庄做客，盛情难却，便一同前往。车子沿山路七旋八转一两公里便到了他的庄舍。

环顾周遭，连绵的山丘一层层碧绿和翠绿。我们走近碧绿，见到的是蓝莓、樱桃树；靠近翠绿，看到的是百香果的叶蔓。仲夏，酡红的樱桃，青黛的蓝莓，正笑容可掬。百香果架下，挂满了青果、红果和紫果。乃宝说："这山上种的，全是我们SIYB创业示范基地的水果。""什么SIYB？"我听不懂英文。乃宝解释："SIYB，就是创业培训的缩写。"哦，这新潮词语，我是第一次听说。乃宝和我返回庄舍，他拿出盆蓝莓让我尝鲜。几枚入口，满嘴香甜，这珍果确实好吃，我第一次啖此佳果。"这么好吃的蓝莓，价格一定不菲吧？"我问。"一公斤240元。""哇，这么贵？"我心忖，嘴巴当留点食德。"莫客气、莫客气，尽管吃、尽管吃。"乃宝猜出我的心思，一再劝我多尝点。从他的言行举止，对山哈人特有的好客，我更加深信不疑。

在庄舍门口的墙上，除了"福安市SIYB创业示范基地"的金色牌子外，还挂着"福安市宝宏林木种植专业合作社""福安市民族特色产业示范基地”“福安市农村科普示范基地”等7块牌匾。我问乃宝：“一个山庄，咋挂这么多牌子？”乃宝回应：“牌子多好嘞，各部门支持，正可形成合力。”闲聊中，乃宝向我细说了创办这个专业合作社的经历：

2009年，夫妇俩向亲朋好友借了几万元，起早摸黑在荒地里种下了80亩木瓜。两口子没日没夜猫在园子里，做着致富的美梦，可谁知翌年一场严霜，把累累挂果通通冻落地上。随后，木瓜树也萎蔫烂在地里。遭此打击，血本无归，乃宝夫妻欲哭无泪。这当儿，当地政府向他伸出援手给予周济，并给他无息贷款的份额。不久，他从央视7套节目获悉：种蓝莓、樱桃，是一条发家致富的途径。于是，他想：自己是计生户，何不去联合当地的几户二女户，利用扶持资金去创办一个专业合作社？说干就干，他和三户二女户一拍即合，当年就在原来的木瓜园里种下8000多株蓝莓和5000多棵樱桃，并开荒50亩，植下百香果苗。去年，果树开始挂果，今年，三种水果均获得丰收，仅蓝莓一项即可收入20多万元，加之樱桃、百香果，收入颇丰。乃宝告诉我：“蓝莓这种水果不但口味极佳，而且富含多种维生素，据说吃了还可以防癌。”“这里产的蓝莓，纯生态有机，全部销往上海和广州，还供不应求哩！”我听乃宝说话，怎么好似在播广告。于是，便问：“你的生意经，是从哪学来的？”“上网呗！边淘宝边做广告，慢慢就学会了。”望着眼前这位山哈汉子，我不得不刮目相看。

这时，乃宝对我说：“我带你到一个地方去赏花。”跟随他来到一个园子，这里种植有8000多株牡丹，全是洛阳的名种，什么洛阳红、金凤、白牡丹、黄牡丹、黑牡丹的。他说，自己栽培的牡丹，能在春节期间开花上市，因为他从洛阳花农那里学到育花之术。去年，一盆最漂亮的牡丹，还卖得近千元的好价钱呢！“太棒了！”我不禁啧啧称羡。“当然，我这专业合作社能取得这点成绩，离不开政府和部门的支持。”

乃宝说得眉飞色舞，我心中好似惠风吹过，格外舒畅……

（此文2013年10月22日发表于《福建日报》“武夷山下”）

我的阿婆

在我的记忆中，一年365天，阿婆大都穿着一件仕林蓝的土布斜襟衫。因头发稀疏，她的额头总是缠着一块青帕。“三寸金莲”，是清朝遗留给阿婆的唯一“遗产”，因此，她可不轻易轻挪“莲步”。

阿婆年纪轻轻就死了丈夫，她含辛茹苦拉扯我父亲长大。为了生存，她学做裁缝，但手艺一般，裁不了新款衣裳，只会缝制旧时服饰，日子过得相当寒碜。后来，我父亲入赘母亲家里，阿婆未融入大家庭，独居一处。其实，阿婆是明理知趣的农村妇女。儿子入赘，她满心欢喜，可她却不愿给儿媳一家添麻烦，自己有个手艺，也不至于维持不了生计。我母亲是个懂得孝道的女人，几次请阿婆住一块被婉拒后，便经常到阿婆那里关照她的起居。

儿时，馋嘴的我，经常向父母要零钱买零食。父母有时不方便，我就跑到裁缝店向阿婆索要。阿婆便会给我一分或两分。

一次，看小伙伴拥有橡胶乒乓球拍，我羡慕极了，便向父母要钱购买，父母没钱，我又故伎重施向阿婆“逼宫”。阿婆问：“球拍卖咋个钱？”我回答：“要一块五毛呢！”“哟！这个数，我三四天才挣个够哩。”阿婆手头有点拮据。我看着阿婆迟迟不肯掏钱，便撒起野来，又是死缠又是啼哭。阿婆扶起躺在地上的我，说：“我和你到店铺，买块便宜的咋样？”我心里明白阿婆确实不多钱，就应允跟她来到商店。她花了七毛多买了个木板球拍，打发了我这个孙囝。

有时，阿婆拿零钱给我，也是得讲条件的。她年纪一大把了，眼睛不好使呢！戴着老花镜穿针引线很费精神。她会唤我给代劳代劳。我接过针，一穿而过。这时，阿婆会塞给我一分钱，说：“买粒白糖枣（糖果）去！”

阿婆只生我父亲一人。父亲成家后一直没有子嗣，抱养我为儿子。如今，阿婆和我的父母都已作古多年。每年清明，和妻儿去上坟时，我都会点上一炷心香，并默默祷告。

（此文 2013 年 5 月 19 日发表于《福建日报》“武夷山下”）

杨梅新妇

“三月枇杷黄，四月阿蔔腴（梅子熟），五月五杨梅做新妇（娘）……”这是流传在福安民间的儿歌。儿时做节（端午节），母亲除了给我们蒸菅粽、挂香包、系个节外，有时还会端上一盘番菠杨梅让我们品尝。

母亲说：“杨梅（扬眉）吐气，好做生意；杨梅做新妇，我囝有媳妇；杨梅连核吞，抱囝又抱孙！”母亲的顺口溜，堪比我村戏班里的鼓手（唢呐）——顺溜！

我村的湖头山，有一片杨梅林。农历五月，是杨梅透红、紫红、暗红——“做新妇”的季节。儿时，一旦听到湖头山摘杨梅，我们小伙伴就相约去捡杨梅煞（落果）。那果煞大多是熟透的杨梅，啖在嘴里，满口流津，甜蜜透心！我们边捡杨梅煞边往嘴里塞，实在塞不下便装在小书包里，待回家后慢慢消受朵颐。儿时，杨梅新妇带给我的口福和“艳遇”，几十年后，我都不曾忘记。

说也凑巧，杨梅姓杨，与我算是本家；因此，成年后，我对杨梅新妇的“厚爱”又深了一层。福安人有句口头禅：“一粒杨梅干一粒意。”这句话可有不同寻常的来历。相传：福安首任县令郑文甫，在福安为官八年，勤政清廉，甚得民心。离任之日，他虽俭从悄别，但还是在天马山下被等候多时的老百姓拦住了。老百姓要送他礼物，以聊表心意。他却一再雅言推辞、作揖称谢。这时，一位老乡亲手持一篓杨梅执意要他收下，郑文甫见甚情难却，只好拎了一枚，并说："一粒杨梅一粒意，你们的心意我领了！"从此，"一粒杨梅干（小杨梅）一粒意"，便成了福安人送伴手礼的谦语。这流传了七八百年的谦语，让杨梅新妇平添了一种"贤廉"的声名。

如今，经过农业部门科技的投入，福安杨梅更是声名鹊起今非昔比。福安苏阳果农采用大乌（番菠）杨梅父本与东魁杨梅母本进行科学嫁接，而培植的"苏阳红"杨梅，在去年全国优质杨梅评选大赛中，一举摘得"中国精品杨梅"的桂冠，这让苏阳杨梅的身价翻了好几番，当地果农乐得一连请来几拨鼓手班！

"五月五，杨梅做新妇"。福安杨梅，扬眉吐气！今日里，她多像一位披红挂绿的美丽新妇，充满了浪漫和神奇！

（此文 2012 年 7 月 10 日发表于《福建日报》"武夷山下"）

爱如潮水

鲜艳沃，这个闽东沿海边的小渔村，每天潮起潮落，都把它的滩涂“鲜艳”得光鲜亮丽。

金秋，鲜艳沃二女户王义生的家里，倏然涌进了一袭“潮水”，这是爱的潮水。溪尾镇镇、村干部和当地的乡贤，给王家贺喜来了。他们送来了6000元“阳光助学基金”，以及许多生活用品，慰问资助考上福建师大的王义生的大女儿。他们的关爱，让王义生、连发岁夫妇俩感动得两眼发潮，喉头打噎。半晌，回过神来的王义生，赶忙拎一捆炮仗放在房门口点燃，用“噼里啪啦”的激情，来答谢镇、村干部和社会贤达的盛情。

大女儿王燕燕考上大学，这怎么不让世代出身连家船民，数代目不识丁的王义生夫妇百感交集。面对前来道喜的人们，王义生夫妇只能用连家船民最富感情的客套话“真器重（感谢）你们！”“你们真有心腹（慈善心）！”来致谢。

是呀，应该“器重器重”关心王义生一家生产生活的镇、村干部；应该“心腹心腹”社会上所有关爱王义生一家生产生活的热心人！多少年了，是他们用爱心的潮水荡平了王义生一家生活的皱褶，是他们用大爱撑起了王义生一家蔚蓝的天空。

鲜艳沃连家船民王义生，上世纪90年代初娶了渔家女连发岁为妻。两三年时间，夫妻俩就在连家船上生了两个女儿王燕燕、王惠惠。那时，一艘破船两张网，要在港沃里“讨小海”供一家三代五口人生活，真是太难了。夫妇俩尽管不分昼夜风里来雨里去，终究“小船难驮大载”呀，每到年关岁末，王义生、连发岁不仅发不了岁，还或多或少欠下生活艰辛的账。当然，每逢年关，镇、村两级都得周济像王义生这样的连家船民，使皱皱巴巴的日子稍微缓解一些。

1999年，福安市政府启动了连家船民上岸定居的造福工程。王义生一家首批被纳入造福工程资助对象。当地政府投入部分资金，资助王家建造了两层的新房。乔迁之日，王义生一夜无眠，摸摸橱壁，摸摸卫浴，喃喃自语:“何德何能，能享受这份清福？共产党功德无量啊！”自己做梦都想不到这辈子能住进新房。有了房子，王义生开始脚踏实地，向政府贷了部分资金，凑合上向亲友借的，搞起了滩涂养殖，一天天一年年，日子慢慢好了起来。有了盈余的王义生，近年来，视野逐渐开阔起来，他与妻子连发岁又转移“阵地”，跑到拉沙船上给人家做船老大，妻子则在船上给船员当厨师，夫唱妇随，兴家立业。

如今，王义生的两个女儿已亭亭玉立，大的刚上大学，小的在念中学。想到此，王义生夫妇欣慰而惬意。

爱如潮水，爱似蜡炬。爱，滋润了王义生一家子的生活；爱，照亮了王义生那感恩的心。

（此文2013年10月3日发表于《福建日报》“武夷山下”）

浅水湾

清晨，站在天马山山顶，俯瞰浅水湾，它就像一条青纱带飘逸在福安城区。下山，跨入溪口公园木栈道，眼前的浅水湾，恰似米芾的山水画，弥漫着云水之气。

今年春夏，浅水湾畔，最是写意：紫叶李红，榆叶梅绿，广玉兰碧；三叶木通、五叶瓜藤等叫得上名或叫不上名的花卉，把溪口公园、富春公园、阳春公园等葳蕤成百卉千树的伊甸园。生活在福安市区的二十多万市民，这个春夏，经常到浅水湾与水作零距离亲近，以消受“浅水明艳赛西湖，栈道三里柳千树”所带来的闲适和惬意……

谁能想象，十多年前的浅水湾（当时叫小西门）一带，却是猪圈遍地、污水横溢的所在。那一片开阔地上，并排着七八间大小不一的畜牧场，猪的粪便直接排入浅水湾边的富春溪中，那种不堪入目的情景，至今人们还记忆犹新。后来，政府介入整治，在一段时期，这里总体上虽猪门冷落车马稀，但半夜里，偶尔还能听到声嘶力竭的猪叫声（设有一个宰猪场），当时，富春溪并未根绝那时不时飘来的膻臭味。作为周遭市民，只能扼腕长叹！

去年，福安市举全市之力奏响“城市建设年”的旋律，头件民生大事，就是启动阳头岛环岛休闲步道项目建设，将阳春公园、溪口公园、龟湖生态走廊串成一条环岛滨水风景线。经过一年整治，终于建成一条总长 2100 米，宽 1.5 至 3 米的木栈道，并对原有驳岸进行改造，设置临水植物景观，配置景观照明和背景音乐，还增设了观景、活动平台等，形成了一条富春溪驳岸亲水环湖木栈道景观，让整个浅水湾盈满灵气，而显得生机盎然。夜晚，华灯初上，浅水湾畔的彩灯，泻下一地花雨，与千米栈道照明景观媲美，那情景，怎一个靓字了得！

“红酥手，黄滕酒，满城春色宫墙柳。”当年，陆放翁在游沈园时，想到恋人不禁感慨。浅水湾非沈园，如今春色亦满园，宫墙柳絮飘驳岸，惊鸿照影似唐琬。在宁德当过主簿的陆游，据说当年曾游武夷九曲，而他只游了六曲就返回了，个中缘由不得而知。我想：如果放翁今犹在，何不悠游浅水湾？

（此文 2013 年 6 月 23 日发表于《福建日报》“武夷山下”）

温婉茜洋

古村茜洋，宛如撒落在闽东苏区溪楼公路边的玉盘。盘中盛满了温馨和婉约，让人百品不厌、千赏无烦！

茜洋的温婉，在于一溪的莹莹秀水。自古以来，那水秀得让你甜透心坎，清得让你不忍离去。不然，上世纪50年代，福安政府咋就倾全县之力，在这里建起了6米宽126华里长的闽东红旗渠——茜安水利，彻底降服了当地“一年两头旱”的旱魃，从而温润了大半个福安的红土地？！

茜洋溪水，像母亲恒温的乳汁，哺育了福安下半区的数十万儿女。她从茜洋千回百转入深安，一路清波荡漾，浩浩汤汤，最后汇入赛江，去加入上善若水的大合唱。

在茜洋溪畔，矗立着一座与水渊源深厚的妈祖庙。这座宫庙始建于清咸丰七年，长年累月香火不断，大凡民间有什么事儿，人们总喜欢到天后像前祷告上香，祈求平安。说来奇异，这位慈航女神确也灵验，均能给当地带来祥和安康，可谓是功德无量。即使是前些年的桑美台风，邻近村庄田舍横遭肆虐，而唯独茜洋这方乐土，风雨不动岿然如山！

当年，人们在茜洋溪上游筑起了拦河大坝，坝边溪面水纹如镜，波光粼粼，青山倒映，仿佛人间仙境。这个天然浴场自然成了当地的“水立方”，引来周遭的游泳健儿，经常到此踏波逐浪，且能在各个赛事中摘得荣光。

茜洋的温婉，还在于四围的绵绵群山。山叠翠，树蓊郁，这里历为环境生态之美的榜样。就拿村头的麒麟山说吧。当年全是原始森林，林中猕猴奔突，狍獐竞逐，甚至连虎豹也在夜间偶出。村人与我聊起了一则趣谈：古时，一村姑一大早上茅坑倒粪，睡眼惺忪的她突然看到一群动物在山边嬉戏打闹。她被眼前的景物惊呆了，诧异间遂将马桶中的秽物随手泼出。瞬间，那些动物不见了，只留下一堆堆形态恰似麒麟的石头。尔后，那山就被村人唤作麒麟山，那山底下的石洞就被乡民叫作奇岩洞。

如今，奇岩洞上方建有奇岩寺。该寺建筑古朴轩昂，煞是壮观。寺内如来佛祖大腹便便，释迦佛陀天尊满满。有人赋诗云：“奇岩古迹南山前，叠石玲珑亦洞天；游客夏来频避暑，行人到此尽停鞭。”可见，该寺俨然成了游客和信众悠游的一块圣地。

青山常被黛，温婉在勤快。近年来，茜洋村两委大搞农业开发，大作生态文章，“山顶育乔木，山腰种毛竹，山丘栽葡萄，山田播稻菽”，让全村百姓都走上了一条致富路。每到春天，茜洋的山野便飞舞桃花源的缤纷，拉开翡翠园的屏幕，最是春姑娘来了兴致飘逸裙裾，更让四处的游人目迷五色蜂拥而至……

茜洋的温婉，更在于厚重的煌煌人文。旧时，茜洋不仅是福安、霞浦、柘荣等周边县域的通衢之地，国内第二次革命斗争时期，这里还是柏柱洋上不可或缺的一块苏区。该村以吴氏族人为主群，他们自称是蚩尤的后裔，尤其骁勇善战，这在当年革命斗争中得到充分施展。加之，该村古时还出了武状元、武举人等，更让其氏族倍感祖德流芳。如今，该村吴氏及其他姓氏村民，在各地更是贤达风流、英才倜傥，也让村子的美誉度有了质的提升。

世事蹊跷，野史奇妙。该村还流传这么一则传说：古时一天，村里来了一拨书生，为首的自称是来找一位章先生，说是来报答先生的“天口之恩”。可是该村根本没有他们要寻的章先生呀，这拨人不得不扫兴而回。事后，村人琢磨何为“天口之恩”，终有智叟悟出“天口”乃“吴”字之隐语也，是以文章著称的先人云游他方，实施教书育人的使然。然该村古人误听章先生为张先生，遂立“张先生老爷”的供奉碑于村口的榕树旁，以便村人祈求先祖庇佑，让子孙题名金榜。

呵呵，村野传说有那么点儿天方夜谭，类似这些趣谈亦如涓涓茜洋溪水，汇成了这个美丽乡村多元文化的大观……

（此文 2015 年 4 月 25 日发表于《今日福安》副刊）

锦绣后洋

后洋，对我来说并不陌生，据说那里是个藏龙卧虎的地方。带着几分仰慕，几分憧憬，我再次踏上了这块久违的松罗乡东南部的畲村。

伫立畲村村头石牌楼前，吸纳山村清新的空气，细品牌楼石柱上镌刻的“承先启后展望前程多锦绣，衔襟朝洋汇集紫气更万千”的楹联，心中顿觉有万千紫气从东方徐来，天地之间一片辉煌。

早上八九点钟的阳光，像千万根绣花针，把后洋绣得万千气象。一栋栋畲家房屋的外墙，泛着水泥漆白皙皙的光泽；一垅垅葡萄大棚上罩着塑料薄膜，闪着白晃晃的光亮；一畦畦茶园里的春芽娉娉婷婷，举着绿油油的叶伞，让人有一种陶醉和渴望！后洋变了，变得让人难以想象，让人不可思量！这个原本村落不大，人口不多，以农业为主打，经济不怎么发达的小山村，今日里居然锦绣得让我陌生，让我的思维定势粉碎得七零八落，直至掉入深坑……

陪同我造访该村的乡干部高秀凤说：“如今，后洋已被列入省级美丽乡村建设的示范点喽。”难怪，难怪，不然我这福安佬，这当儿咋会掉入这童话世界的“迷宫”呢！村中建有两三幢别墅，据说是村里开公司的村民所盖，该村除了有人办公司外，大部畲民均组织了农业合作社。一条灰白的水泥路，像一根缎带飘向后洋村的深处，把上后洋与下后洋牵手热络。站在我身边的村主任蓝谢生说："这是上级蹸道（领导）支持偶山哈人浇灌的。"我们在村中走走，说到上级有关部门对当地畲民的关爱，村里的大囡细囝，一个个都竖拇指啧啧称赞："好蹸道，毛乇贡（好领导，真是没得讲）。"在后洋知青点，我目睹了当年知青们在这个广阔天地，大有作为时用过的谷砻、耙犁、蓑衣之类；而在村文化公园内，我还看到当年的知青井和建设中的观景池塘，以及人工湖生态景观等。

朱自清说过，乡村善变。如今的后洋，已变得锦绣纷呈，目之所及全是生机盎然：枫香、杜英、石楠，那些叫上名称或叫不上名称的佳木，在后洋的村道旁挨得齐齐整整。畲家房舍墙腰上环绕的花瓷砖，以及马头墙上的瑞兽图饰，让人体验到一种浓浓的民族特色……

屠格涅夫说，乡村永恒。永恒的是一种内在精神，这里的山哈人淳朴善良、勤劳勇敢，你从他们的言谈举止就可见一斑。不论你来自何方，只要见面他们总是"好兄台（兄弟），好居眉（姊妹）"地招唤。你若到他们家里做客，那米救（米酒），那乌蒙（乌米饭）总会让你口灿莲花，心存感恰（感谢）嘞！

啊！锦绣后洋，美丽畲村！你的外在美和内在美，此刻，全烙在我的心上！可以笃信：你的未来，一定会让四方游客兴致满满！

（此文 2015 年 7 月 5 日发表于《今日福安》副刊）

卓越化蛟

距福安市区不足二十华里的化蛟，俗称“濑兜”。

旧时的化蛟村，十年九涝，明《福安县志》载：“化蛟桥，邑南二十里……万历九年，水崩。”该桥建于高出村落数丈的大路中央，然在“万历年间，水流福安”特大洪魔的肆虐下，还是被冲垮了；而低于大桥的村庄，就更难逃一劫了。由于村子处于低洼地带，即使到了上世纪60年代末，那场大水还是将村中房子淹了二层。“濑兜、濑兜，厝泊溪兜，大水一到，一切白劳。”这就是化蛟村屡遭洪荒的真实写照！

化蛟不仅屡遭水患，在历史上还几遭倭寇的抢掠。明《福安县志》亦载：“嘉靖三十八年，四月朔，报倭自福宁在柳溪，侦候者言贼数寡，必不入县……（然翌月）初三晚，急报至化蛟铺屯聚……知县李尚德始惧，急督民兵守陴。”这就是福安惨遭倭寇荼毒的“己未之变”。当时，首当其冲的化蛟村十室九空。“濑兜的山，濑兜的水，倭贼蹂躏心肝碎；杜宇声声鸣悲戚，中间多少离人泪！”不堪回首啊，化蛟人遭此二茬罪！

历史上，化蛟村民遭受的苦难，实在是苦不堪言，即使到了宋元丰二年，化蛟人卓钧登第文举特奏名，任国子西门助教而改村名为“化蛟”，以图化蛟为龙，以求国泰民安，这也只是他的一厢情愿罢了。

“雄鸡一唱天下白”，真正让化蛟腾蛟起凤的，当是共和国成立后的走进新时代！

建国初期，化蛟村被划入福安县城郊人民公社；从此，该村发动群众举全村之力，进行平整土地和筑路护堤，使全村的水患次数大大降低。在建国后的相当一段时期，化蛟人充分发挥靠近福安城关的地理优势，搞山地开发、多种经营、沙石运输，让村民家家都丰衣足食。尤其是改革开放进入深水区的近年，化蛟人更是做足了山水开发利用这块文章：建立了300多亩绿竹经济走廊，让化蛟甜津津、脆生生的“白玉笋”走向四方；建立了600多亩糖蔗基地，办起了土红糖加工厂，让化蛟的土红糖品牌在全国打响！“百姓创家业，能人创企业，干部干事业”，一村一品，多业并举，一路一带，项目先行……而今日的美丽乡村建设，更是在化蛟村风生水起：投入10万亩荒地作为新农村建设用地，投入240万元完成洋上、坂头自然村的道路硬化，以及各自然村的自来水工程，投入150万元建设村森林公园和环村休闲栈道，投入200万元建设村花卉产业园和开心农场……

开心事儿说不完，腾蛟起凤正犹酣！这几年，化蛟村的人年均纯收入已达到1.6万元，只有几百号人马的化蛟，全村社会经济总产值已突破1亿元大关！化蛟村民绝大部分为卓姓，他们追求卓越的精神，实在令人惊叹！该村能人卓某，据说在外地办公司，为讲求效率还买了直升飞机；该村培养的卓氏子弟，已在加拿大渥太华、美国洛杉矶开辟了新天地……

化蛟人哟，真的了不起！

（此文2015年6月10日发表于《今日福安》副刊）

龙井坑

清明过后，龙井坑的山水，更是清新得让人陶醉，明丽得让人忘归！尤其是村头的那一窟龙井，清幽幽、明晃晃的，能让人们的眸子透亮得放出一种光辉……

近年，镶嵌在福安“武陵溪流域美丽乡村景观带”——汾洋边的龙井坑，因濡染了“美丽”气息，这个不足200人的小山村，就像素颜村姑，一下子变得仙气十足，变得惊世骇俗：旧有的小桥，码了雕栏玉砌，往日的流水，飞起三挂白瀑，瀑布的下方，桃花流水鱼儿肥，着实让游人瞅着瞅着，便有了一种况味——忘春归。

春在山村，春临人家，那些朴实的山民，近年也有了一点潮式的活法，身上的时装，替代了原有的粗衫。当然，他们披一袭粗衫的当儿，不是下田间劳作，就是上山挖笋、伐竹等的时辰。

小桥，流水，人家，该变的都变了，而枯藤，老树，昏鸦变化了么？答案是肯定的。你瞧，在清朗的阳光下，一挂挂枯藤的藤头、枝丫，都长满了绿芽；一兜兜老树的虬枝，向着四周腾达，有的漫过桥面，有的伸向溪涧，有的飘逸厝边……大有一种把整个村子拥在怀里的任性！乾坤清朗，小村气正，昏鸦不知何处去，桃花源里可耕田。啁啁啾啾，树上数不清的鸠团，让我这个外人根本无法一一叫上具体名称。

哎哟！龙井坑！你真的有真龙潜入井坑么？不然，你的山水，怎么被神龙造化得如此灵秀和绮丽？居然赚得四面八方的游客纷至沓来，领略你的旖旎和神奇！

说起龙井坑的神奇，神奇在于她的一方山水。就拿村子南边的麒麟山说吧。那山还真的住过“人中麒麟”呢！当年，叶飞、曾志等在该村带领乡亲闹革命，营盘就扎在麒麟山上。新中国成立后，该村遂被冠以“老区革命基点村”的英名。再拿村子东边的五谷山说吧。山顶还真有一弄五谷仙翁的仙洞，洞中周边常年云雾缭绕。相传，旧时村民在洞的周遭开荒种地，割稻子时，因为大雾笼罩，村民只好凭感觉下镰拾掇，可一会儿工夫，稻谷便不知不觉堆满了田垄。待村民第二天再去割时，发现昨天割过的地方怎么跟没割过的一样。因此，他们特别信奉五谷仙翁这位神明，说是仙翁给村人带来了五谷丰登。这一传说，也为游人的龙井坑之旅，增添了不少猎奇的成分。

山是青麒麟，水是白蛟龙。龙井坑村名的来历，就因了村头的一川龙潭。据说，那是白龙团的栖居之地，该龙还灵验着哩！以前村人每去溪涧毒鱼，药水流到龙潭时，潭中就会浮起一堆堆鸡毛，顿时村子的上空便狂风大作，黑天瞎地，吓得村人只好“丢盔弃甲”逃回厝里。哈哈，山村的传奇，你即使讲上三天三夜，也是讲不完的。

春游不去龙井坑，枉作今日福安人。话虽有夸饰成分，但也无意忽悠亲们。朋友，如果你有闲暇，不妨去龙井坑潇洒走一回！捡回闲适，捡回自由之身，尤其是在这清明前后，那里农家乐餐桌上的野菜、毛笋、田鸭、土鸡，乃至农人的家酿，都能让你口中的味蕾绽放天真。“三斤麻（毛）笋四包盐——烤哧烤哧”，即使一味烤笋下饭，也会让你的口角流涎……

嗨，你瞧我这吃货，谈食是否太过俗气？不过，民以食为天嘛，俗人如我，还请诸位海涵海涵哩！

（此文 2015 年 4 月 25 日发表于《今日福安》副刊）

小城故事

赛岐，素有“闽东小上海”之称。然而，两年前的赛岐，再怎么“上海”，也上不了城市现代化的台面。岐头山下，骑楼式的屋合，仍为当地建筑的唯一风景；上埠头边的街心，以及至赛里凹凸不平的道路，时不时腾起灰蒙蒙的烟尘……一句话，民生工程项目的短缺，这个小城给人们的印象是：赛岐虽“赛”（帅），却仍存“岐”点。

2010 年，赛岐被列为全省首批小城镇综合改革试点。仅仅两年，小城实施项目 122 个，总投资数十个亿，呼啦啦一下子拉近了小城与现代化城市的距离。两年间，小城衍生的故事，就像当地象环的金奖葡萄粒粒如珍珠，串串似玛瑙——清辉四溢。

故事一：大手笔，写就大规划。挂职赛岐任科技副镇长的陈锐进向我介绍：赛岐，是我省八大名镇之一。小城综改伊始，市里就按照中等城市规模规划给予统筹考虑，将其纳入市区扩容建设的重要组成部分，并把设在罗江的市经济开发区和甘棠镇，纳入赛岐小城镇总体规划编制范围。市领导的大手笔，让这个只有 5 万多人口的小城，实现了量的扩张和质的飞跃。市主要领导还亲任战役指挥长，推出“一线工作法”，靠前指挥，具体调度，使小城综改工作实现齐抓共管，形成合力。

故事二：创机制，用活好政策。为加大对小城综改的扶持力度，福安市适时出台了相关政策，市财政专门下达综改建设专项资金，重点支持基础设施和民生项目建设。镇新班子组建后，更是巧借东风，用好用活相关政策，设置了建设投资开发机构和国土规划监察机构，以及土地收储中心，为小城的改革发展提供了机制保障和执法保障。赛岐镇党委书记黄晓莺动情地说："如果没有上级党委、政府和相关部门的大力支持，赛岐的综改试点工作就无从谈起，小城的建设发展将寸步难行。"

故事三：抓项目，促产业集聚。短短两年，福建立松铸造科技园和福建长兴造船、福建银嘉机电、赛江世纪新城等项目在小城落地生根，其投资超过 1 个亿；而罗江工业园区、长江工业园区和北部新区综合体的投资额更超过 10 个亿。赛岐镇镇长吴伏清在谈到小城的项目建设时，脸上写满豪气。"我们发挥了赛岐的区位、港口、交通优势，以电机产业为龙头，着力建设罗江工业园区和长江工业园区，现园区内规模以上企业 57 个，产值达 159 亿元，加之区外企业 13 个，小城的工业发展可谓是今非昔比。"

在小城周遭转悠转悠，我发现小城主街通过"白改黑"拓宽整治后，街市两旁的路灯霓虹闪烁，沿街立面装饰，透出现代化气息。高速收费站对面的"凯旋一品"工地，脚手架林立，长臂吊正挥着巨臂，与之近在咫尺的狮子头工业园 3000 亩工地，亦热火朝天，机声轰鸣。下午 1 时，我回到政府小城镇综合改革办公室准备小憩，居然遇见陈锐进和他的科室人员叶勇、郑娟娟、冯天兰。我问："这个时候，你们怎么还在上班？"锐进莞尔笑笑："小城建设又逢一个百日会战，不论作息时间，大家已经习惯。"

“已经习惯？”这恐怕就是小城故事所诠释的中国梦的一种蕴涵吧？！

（此文2013年10月20日发表于《福安文艺》）

大 爱

“六一”儿童节文艺晚会高潮迭起，福建电视台节目主持人毛毛，问舞台上表演节目的脑瘫患儿孙诗航：“园长和老师对你好不好？”答:“好！”“园长和老师对你爱不爱？”“爱！”小诗航干净利索的回答，让站在跟前的幼儿园园长阮晓萍百感交集：四年来，小诗航在园里的每一丁点进步，都那么让人感到振奋和慰藉。“园长——”小诗航突然扑到阮晓萍的怀里，并抱住她咿咿抽泣。见到这一幕，让参加晚会的人们无不动容，台下小诗航的父母孙瑞华、孙鸿洪，更是喜极而泣，泪流满面。夫妇俩被主持人邀上舞台，他们紧紧握住阮晓萍的手，久久没有松开……

四年了，阮晓萍和幼儿园的老师们，一把屎一把尿地用大爱拉扯小诗航成长，这怎么不让家住小山村的孙瑞华夫妇感动呢？！

想当年，孙瑞华夫妇为了让小诗航入托，到许多地方求爷爷告奶奶，然而，这种先天性疾病真的让园方不敢亲近。听说福安甘棠莲城幼儿园的园长是个好人，孙家夫妇抱着试试看的心情登门造访，面对脑瘫患儿，阮晓萍当时的心情可谓是五味杂陈。脑瘫？不就是赵本山小品中所说的大脑中枢神经坏死症么？正是，回答是肯定的。这种患儿不但唇歪流涎，浑身乏力，反应迟钝，腿长不一，而且最让人头疼的是均伴有不同程度的智障，很难教育。要收留这种患儿，幼儿园的额外负担是可想而知的。但同为人母，阮晓萍自然萌生一种可怜天下父母心的恻隐之心，更何况自己还是“市三八红旗手”呢，理当为社会有一份担当！收！阮晓萍决定破这个例。就因了这扇门的开启，此后，当地像小诗航一样的患儿，都顺溜地走进了“莲城”这块大爱的领地，委实让阮晓萍和园内老师这些年把时间和精力全搭了进去！

因了孙瑞华夫妇“走漏消息”，脑瘫患儿林煜扬、自闭症幼女陈思静等患儿，均潇洒地成为幼儿园的小主人。男患儿在阮晓萍们的调教下还稍坚强，女患儿就不同了，林煜扬刚来时整日哭闹，有自卑感，不与小朋友交往，这可忙坏了阮晓萍和班级老师高华荣、吴少香，她们除了按教学日程给她“喂小灶”外，生活中还得扶她走路、给她喂饭，抱她屙屎屙尿，烦琐的是患儿戴有康复矫正器，每次大小便前得将其卸下，等揩完大小便后再重新装上。而陈思静这女孩，却不怎么文静，因智障显得好动、凶悍，看到小朋友的东西就抢，还经常跟小朋友打架扭成一团。为此，阮晓萍伤透了脑筋，她不得不请来思静的妈妈陈义妹，多陪陪小思静使她安静，让班级老师林秀娥、何少莲慢慢调教安抚这个先天不足的孩子。都说功夫做到家，石头也开花。连续12年，阮晓萍收留的患儿一茬接一茬，这些年，这些患儿在阮晓萍和她的幼教团队的心血浇灌下，已融入莲城幼儿园这个有500多名小朋友大爱的集体，在这里，他们已基本改变了原先的模样：说话不结巴，行动不邋遢，智商不落下。看着患儿实实在在的变化，他们的父母经常到幼儿园中，观摩自家孩子的上佳表现后，眼角总是噙满了泪花……

这是心的呼唤，这是爱的奉献。“用真心去熨平生命的皱褶，用大爱去诠释生活的美丽。”阮晓萍平实恬淡的心语，如丝丝春雨，滋润着这一方园地……

（此文2012年8月28日发表于《福建日报》“武夷山下”）

民　生

连续三昼夜，冯成贵带领缪晓、缪建光坚守在大桥桥墩的基座旁，饿了啃几口面包，渴了喝几口矿泉水，困了就轮流坐在一把椅子上打打盹。“烽火连三月”啊，一线督战，目标是确保“五大战役”的顺利完成和新建桥墩在四五月的安全度汛！当地政府的“军令”，65万人民的期望，让这个头上顶着“省文明单位”光环的福安市交通局局长，丝毫都不敢懈怠！

三月，莺飞草长，春事繁忙。建于上世纪80年代初的坂中大桥，面对每天数万超负荷的流量，老态龙钟的它，每每出现战栗的痛苦状。危桥重建，刻不容缓！当地政府，顺应民意，目标锁定，三月会战。这让“冯成贵们”忙得像“三英战吕布——团团转”。一个季度下来，原本清瘦的他，又掉了七八磅！

想当年，市里实施“五通工程”。交通局一班人勇为先锋，他们挥师“村村通”。全市路网建设，让乡村群众喜出望外。在工地现场，许多村民“箪食壶浆，以迎王师”，那种融洽的党群、干群关系，让建设者感动得热泪盈眶。然而，当时受制于资金瓶颈，村村通公路部分转弯半径、坡度技术标准等均不够理想，且临水临崖地段安保工程没有跟进，这就为日后的客运安全埋下隐患。有路不能行车，恰如有腿不能走路，山村群众的情绪一下子转了一百八十度的弯。群众的埋怨，让接手局长重任不到一年的冯成贵如坐针毡。他与局里一班人经过科学调查和缜密分析，决定启动应急机制，去填补这块短板，重树交通人在人民群众中的声望。“不让布置的工作在我这里延误；不让需办的事项在我这里积压；不让各种差错在我这里发生；不让人民群众在我这里受到冷落；不让单位形象在我这里受到影响”。“五不让”挂在墙上容易，要落实在行动中不是那么简单的。为此，他和局党委书记陈同声分别担起道路安全隐患排查的重任，对全市乡村公路进行拉网排查，仅一个月就排查公路 134 条，总里程达 760 公里，并对其中 260 公里实施“安保工程”，全面提升路段的质量，填补了这一短板。交通局又征得市里支持，投入资金新增客运车辆 147 部、货运车辆 286 部，并更新客车 37 部。为确保乡村公路得到及时养护，他们还成立“农村公路养护管理所”专门负责这项工作，让“村村通”的实惠，真正落实到人民群众身上。

一通百通，纵横闽东；社会各界，如沐春风！

如今，地处闽东中心位置的福安，其交通正定位于“建设美丽福安，打造海西驿站”这一宏大目标。眼下，一挑重担又撂在他们的肩上：启动环三交通大战略，打通湾溪疏港公路隧道。建设湾（坞）下（白石）溪（尾）仓储、物流保税区。届时，将引进国际航运业巨头和国内外知名物流企业，做强做大环三战略重要组成部分——湾坞半岛大发展的文章。

走前头，挑大梁，促发展。福安交通人又日夜兼程争跨越，风雨无阻战犹酣……

（此文 2013 年 3 月 12 日发表于《福建日报》“武夷山下”）

颜石成“金”记

绵延二三里的松树林中，咯咯咯、喔喔喔，不同种族的6000多只雉鸡、贵妃鸡、珍珠鸡、三黄鸡及土鸡等在这里惬意地栖居，而同栖这里的100多羽蓝孔雀，对鸡们的埋头觅食总是不予搭理，偶尔这些娇贵的精灵还会对鸡类投去鄙夷的目光，时不时咕咕咕地抖擞臀部，用开屏的美丽让鸡类萌生一种嫉妒。林地边的山坡上，100多头山羊，可不管鸡与孔雀的私事，一味咩咩咩地啃着青草和藤蔓……这个地方叫松树湾，湾上有一“春来山庄”，其庄主是颜石夫妇。

颜石，这个名字取得太奇特了，而更奇特的是，这个如今年纯收入也有30多万元的庄主，当年还真的有一副花岗岩的脑袋——不开窍！

上世纪90年代初，结婚不到半年的他，受人蛊惑财迷心窍，居然跟他人干起了“公路游击队”——爬车窃货的勾当。一次走霉运，被公安逮个正着，后被法院判了6年的徒刑。锒铛入狱的当儿，他的妻子已有了身孕，这不啻将他的妻子和年迈的父母都置身于绝境。

人生走错一步棋，就像岩石堕深溪。水淹到喉咙的颜石感到了绝望，他在狱中经常以泪洗面，心想这下完了，父母不能供养，恐怕连娇妻都得另择高枝上了别人的床……想到这里，他真想一了百了。然而，他的轻生梦在一个风雨交加的冬天，被他的妻子唤醒了。到狱中探望他的她，告诉他："你要好好改造，重新做人，无论如何我和孩子都会等你回来！"颜石抱住娇妻号啕大哭："我对不住你呀！让你们受这茬活罪！""淑啊，我听你的，一定好好改造，一定，一定！"鸟之将死，其音也哀；人到绝境，其心也善。颜石到了这个份儿，他的脑袋终于訇然开窍。

往后的日子，由于表现积极，4 年后，颜石得到减刑二年出狱回到家里，6 岁的女儿不认识，怯生生地在一旁瞅着他，他抱起女儿左亲右亲，嘴边胡茬扎得孩子哇哇大哭。"她爹，女儿怯生，你吓坏她了！"颜石缓过神来方知自己唐突，抱着女儿哭成了泪人儿。

"养家糊口，找活干！"颜石与妻子商量如何重振家业，活出人样。给人家打工、到面食店师傅那里学手艺、收购茶青制作茶叶等，杂七杂八夫妇俩一共干了五六年，虽能挣一碗饭果腹，但却甚少盈余。那年夜间，未妇俩思忖商榷：这样小打小闹不是办法，随着孩子的长大，家庭开销肯定增加，自己出身农民，何不创办个山庄，并将其作为农业和禽牧业的生产基地，这样比较稳当。心有灵犀一点通，两人想到一块了。说干就干，第二天他们就将想法吐露给当地政府领导。根据国家计生政策，当地政府迅速给这对计生户进行计生帮扶，还根据他们的实际情况，将一块镇属茶园租给他们看管（象征性收些租金），并给他们争取到山地农业开发政策，给予适当补助。在政府和亲友们的支持下，颜石的春来山庄不但养殖了上述禽类和山羊，还种植了将近 200 亩的蓝莓、百香果和猕猴桃，以及山樱花苗，经过几年的打拼，如今的春来山庄，已禽畜兴旺、花果飘香，今年总产值预计将突破 100 万元。

在颜石山庄的办公室，我不经意看到了福建海西青年创业基金会授予他们的“YBC 模式标准扶持项目”牌子。颜石告诉我，如今他的山庄已被列入这个扶持项目，入股户数也由原先他们的单门独户发展到如今的 8 户，对整个山庄的资金投入也突破了 200 万。

哈哈！古人云：浪子回头金不换！世间有太多的例子证实此言绝不虚妄！告别颜石的当儿，我望着他的背影，倏然觉得：这个40开外的汉子，如今就像一切崖壁上的岩石——那么硬朗，那么刚强！

（此文 2014 年 10 月 12 日发表于《福安乡音》“白云山下”）

拷 鼎

如今，人们煮饭烧菜用电饭煲、电磁炉、煤气灶、微波炉等，锅底极少烟灰，几乎不用拷鼎。过去，烧土灶、用铸鼎（旧称“鼎镬”）则不然。铸鼎被柴草烧七八天后，附在鼎底的烟灰就“长毛”了。因此，就得“拷”一次鼎，这样，既节省柴草又节约烹饪时间。

福安人拷鼎，得先将灶上的鼎盖、木甑（饭桶）、匏头（水瓢）、鼎匙（锅铲）、笊篱等收拾停当。然后，端起铸鼎把它卧放在厝边的地上，用锄头嘴对着鼎底的弧面竖着来回“拷”刮。

在农村拷鼎，大都由家庭主妇操办。儿时，我经常看到母亲拷鼎。她娴熟的动作像舞蹈，特好看，可拷鼎时因金属摩擦而发出“哧呜哧呜”的声响，实在刺耳，叫人难耐。母亲拷鼎时如见我在场，她会马上放下锄头拉我离开，并嘱咐我：“囝呀，这里灰乌（锅底灰）肮脏，你到外边玩。”有时，淘气的我偏不干，围着地上的“黑锅”团团转，结果弄得一双鞋子像两只“乌篷船”。母亲“拷”完鼎，会将地上的锅底灰打扫干净。有一次，我看她将锅底灰装到塑料袋里，并放到厨房橱子的上方，对她的举动，我十分费解。

翌日，我家来了一个师傅，这个师傅凶巴巴地把我家的猪郎（少年母猪）按倒地上。他不理会侧卧地上的猪郎的“咿咿”嚎叫，便一脚踩在猪的脖颈上，一手摸出腰间的阉猪刀把我家猪郎腹内的“花籽”（卵巢）硬生生地割下。母亲从厨房内拿来榛油和锅底灰，这师傅则将二物涂抹在猪郎的伤口上，一会儿，那伤口的血就止了。母亲说：“那鼎（锅）底灰，中药铺叫‘百草霜’，治外伤流血可灵验呐！”亲眼所见我家猪郎抹过锅底灰后从地上爬起，不再流血，不再啼哭，我终于信然。

稍长，为了帮助母亲做点家务，分解母亲的些许负担，我也学会了拷鼎。拷鼎是一项手脚循环运动的家务活，毋须投入大力气，活动活动还对健康有益。因此，我亦乐此不疲。日月如梭，光阴荏苒。母亲已做古多年，过去我家的铸鼎也早已进入了“历史博物馆”。如今，无鼎可“拷”，无母可孝，我的失落感又更与谁讲？

（此文2013年5月19日发表于《闽东日报》“太姥山下”）

马行健，春无限

的卢飞奔，骅骝嘶鸣，甲午马岁离国人渐行渐近矣。

马年说马，中华文化，赋予马丰富的象征和寓意。《易经·乾卦》云："乾为马。"乾者天，坤者地。"天行健"，即"马行健"也。《易经》还告诉我们一个浅显的道理：是君子，就应该像马一样而自强不息！这对今天的国人来说，无疑是一种莫大的鞭策和鼓励！

日月经天，江河纬地。造物主赐予了马先天的伟力，让人类插上驰骋翱翔的"翅膀"！马作为勤勉、善良、贤能、人才的象征，早为国人所首肯和推崇。

当年，燕昭王为招揽贤才，派郭隗去寻"千里马"；结果"千里马"没觅着，那个郭氏却自作主张花了500两黄金，买回了一堆据说是千里马的枯骨头。此等僭越之举，居然给昭王赚得个求贤若渴的好名声；于是乎，不到一年工夫，就有许多"千里马"慕名投在其麾下。当然，古代也有不把千里马当回事的主儿。相传，周穆王有千里马八匹，那八骏是绝地、翻羽、奔宵、逐日、逾辉、超光、腾雾和挟翼，后来人们又按八骏的颜色，再分别给取另名：赤骥、盗骊、白义、騧騟、飞黄、骅骝和绿耳。绝地可以足不践土脚不落地腾空飞行；翻羽可以跑得比飞鸟还快；奔宵可以夜行千万里；逐日可以追逐着太阳飞奔；逾辉不仅色彩绚烂且跑得飞快；超光奔驰能力超过光速；腾雾驰骋似腾云驾雾；挟翼身有翅膀如大鹏翱翔。拥有八骏的周穆王，没将八骏用在西征的保家卫国上，却骑之周游天下。呜呼！对周天子而言，八骏非神马，琵琶不枇杷，只缘眼口福，管它国与家！还好，那时，周朝兵多将广，将士们戎马倥偬，在西征途中且能唯穆王马首是瞻，不至于让其江山易帜，坍塌金銮。

旧时的黄历不再翻，今日共和国慨而慷。当年，燕昭王是否作秀，已成文化人茶余饭后的笑谈。周穆王的铺张，更被视作大材小用的绝版。“智士者，国之器也。”（刘向语）随着我国《国家中长期人才发展规划纲要》的颁布，共和国的“千里马”便井喷式地涌现出来。这些年来，在几代中央领导的带领下，诸多领域各式各样的“千里马”，驰骋在共和国的各个疆域，为国家的发展，累积了可喜的正能量。如今，我国的社会经济总量，已坐上全球第二把交椅；我国的军事实力，也让那些觊觎我国岛屿领土的鼷辈之流不得不掂量掂量。总而言之，甲午今日之中国，跟120年前的甲午中国已不可同日而语。形势比人强，好马配好鞍，今日中国的和平崛起，是亿万中国人民前仆后继、英勇奋斗的使然！

这是一个群星灿烂的时代，这是一个万马奔腾的时代，这也是一个让伯乐、九方皋们相马、育马的绝佳时代。党的十八大，已为共和国制定了立国之要、安邦之略；同时，也为华夏全面开启了一扇广纳“千里马”的大门，一个大举贤才，使亿万精英发挥才智、各显其能的局面已经形成。今天，面对全面深化改革的良好开局，每一个有责任感的中国人，为了圆那实现中华民族的伟大复兴的中国梦，都应有马不停蹄的毅力，都应有的卢飞快的壮举。而任何马放南山、麻痹大意的意念，都必须坚决摒弃；任何马马虎虎、不思进取的思想，都必须彻底根除。万马齐喑究可哀，龙马精神创未来；马革裹尸多壮志，马到成功是全才！

马行健，春无限。噫嘻！最是祖国艳阳天！

（此文 2014 年 1 月 31 日发表于《福建日报》及“武夷山下”）

羊行善，春烂漫

马作的卢飞快，羊为信使报春。去岁马年虽多了一个月，然岁月匆匆也仿佛瞬间。目下，咩咩咩的羊鸣声已渐闻渐近矣。

羊年说年，老杨尤喜。古人云："羊在六畜主给膳。"且羊性格温驯讨人喜欢，非但如此，羊的外部特征还具有角的对称，毛的卷曲等等，给人一种美感，无怪乎许慎要说"羊大为美"了。当然，许氏说的美是缘于"美，甘也"的功利，但羊的内在美和外在美却是世人有目共睹的。

羊不但极具美的外形，而且极具善的内质。殊不见"善"字也是上顶羊头，下口吃草嘞！羊之善，国人早有耳闻：传说，古时羊从天庭来到凡间，看到人类缺食少衣便善心大发，回天庭后不惮天规盗来稻、稷、麦、豆、麻种籽送给人类，让人类始得给养衣裳而活得尊严。为此，羊还受到玉帝的惩罚，被贬到人间作"主给膳"呢！而人类也不忘羊之善恩，将其推举为十二生肖之一，并享受人间的祭饷。神话虽不足信，但客观上羊之善——它的"小鲜肉"、它的"柔皮裘"，甚至连它的排泄物都给人类带来种种的利好呢！对人类而言，羊可谓是"温、良、恭、俭、让"的典范！而作为独角羊的"獬豸"，还是古人心目中公平、正义的象征。王充《论衡·是应》记载：唐尧之臣皋陶治狱，辅以独角之羊（獬豸）。此羊对嫌犯“有罪则触，无罪则不触”，且极为灵验。当然，此举恰似前些年世界杯足球赛的章鱼保罗，其“占卜”行为并不科学，但国人还是对羊之美善极力推崇，并把它塑造或雕刻在器物中。殊不见商代的“四羊方樽”、“三羊铜罍”、汉代的“羊型铜灯”、唐代的“三彩陶羊”，直至当今的年画、剪纸等各种民间工艺均有羊的形象。

羊年到，善缘到，家家户户福来报。羊年是善年，善年自然少不了有许多的善事要办。譬如，国家又一个五年计划的开始实施，从而促进社会生产力的大幅提高、国民经济的快速发展和人民生活的明显改善，等等。羊年也是美年，美年也自然少不了有许多的美事要做。譬如，思想政治工作者得做践行社会主义核心价值观的带头人，用感人的事迹和先进的典型去熏陶人、鼓舞人，让国民的素质有一个量的提高和质的升华，并由此催生个人文明素质的量化，从而促进每个家庭的和睦安康和整个社会的安定祥和。而教育工作者得进一步深化教育改革，以素质教育为着眼点，从启迪学生思想，温润学生心灵，陶冶学生情操入手，以培养学生正确的人生观和历史观、民族观、国家观，为将来步入社会打下良好的思想道德基础。而文艺工作者得贯彻落实习近平总书记去年主持文艺工作座谈会并发表的重要讲话精神，“坚持以人民为中心的创作导向，努力创作更多无愧于时代的优秀作品”，以弘扬中国精神，凝聚中国力量、鼓舞全国各族人民朝气蓬勃迈向未来。总之，羊年的善事、美事一箩筐，还真的一时说不完。

车尔尼雪夫斯基认为，美在生活，善在劳动。只有通过劳动才能创造善的成果和享受美的年份。羊年来了，与美善偕行，这是每个中国人应有的道德素养。

哦，美善偕行，好梦成真。可以预见，2015 年的神州大地必将迎来一个山花烂漫、春意盎然的春天！

（此文 2015 年 1 月 1 日发表于《今日福安》副刊）

梦回喜对小山茶

“东园三月雨兼风，桃李飘零扫地空。唯有山茶偏耐久，绿丛又放数枝红。”陆放翁对山茶花的礼赞，让我对山茶花有了初始的好感。

当然，我之所以喜爱山茶花，并非因了她的雍容华贵，富丽堂皇，而是陶醉于她的妍而不妖，长驻春光。山茶花在历届十大国花评选中虽排行第七，但我总觉得这位“七仙女”比她的姊妹们还要妩媚三分。不然，郭沫若咋有“人人都说牡丹好，我道牡丹不及茶”的赞赏？

烟花三月，与友人踏青鼎森公司山茶花培植基地，与2000多亩500多种茶花仙子零距离亲密接触，听业内专家的精彩“演绎”：如在唐时，华南、华西山茶花就作为珍贵花卉。到了宋代，山茶栽培之风已日盛一时，当时苏轼就有“山茶相对阿谁栽，细雨无人我独来；说是与君君不会，烂红如火雪中开”的佳句。至南宋，王十朋更有“一枕春眠到日斜，梦回喜对小山茶，道人赠我岁寒种，不是寻常儿女花”之赞誉。那时，四川、云南、福建等省广种山茶，民间山茶花会十分活跃，诗人范成大还以“门巷欢呼十里寺，腊前风物已知春”，来描写成都海云寺山茶花赛会的盛况。及至20世纪50年代，我国山茶花栽培已达50多个品种，在历届的国花竞逐中均夺得“七仙女”的头衔。然而，让我感到耳目一新的是如今的山茶花栽培品种已达2000多个。步入鼎森花圃的大门，一眼就能见到茶花“七仙女”——“伊丽莎白织女”正列队迎接我们，那纤柔的花朵迎春怒放，绯红艳丽，灿若云霞，让我们这些“董永”们顿然萌生一种眷恋的情怀。再往里走，“织女”的姊妹“玛丽安”“贝拉”“迪斯”等同样秀色可人。而这里的只是盆栽山茶，真正的大家闺秀藏在大山的基地上呢。我们跋山涉水来到一处植被葳蕤的山上，一棵棵株高一两米、树桩一抱粗的山茶——“娃丽娜深”“西利米契尔”“云斑大元帅”“乔伊”“正黄旗”等在我们面前搔首弄姿，崭露丽质，“克瑞墨大牡丹”“戴氏之歌”和“迷茫的春天”，其花朵大如海碗，让我们看得如痴如醉。

二月桃花水，三月山茶风。在这醉人的烟花三月，你若无俗务缠身的话，何不效法古今之智人放飞心情，去领略山茶花的绰约风姿，去感受大自然的大美风华。

（此文2014年4月1日发表于《福建日报》“武夷山下”）

种苗木的王老汉

年逾甲子的老汉王体铃，是福安市上白石镇流尾村的农民。30年前，他的妻子范细梅生下第二个女儿后，两人就决定不再生育了。那时，“不孝有三，无后为大”的封建思想在农村还是有一定的影响，王体铃面对风言风语不为所动，确实需要一定的气量。王体铃说：“我看男女都一样，古时的穆桂英、花木兰，有几个男的比她们强？！”

是呀！王老汉培养的两个女儿，如今都叱咤于商海，姑爷、女儿们把生意分别做到了广东和海南。王老汉自己这些年经营了四个苗圃场，培植的红豆杉、罗汉松、四季桂等苗木和盆景，很受各地林农和花卉爱好者的青睐。四个苗圃场每年仅苗木、盆景（花卉）的收入也不下50万元。当然，这其中得剔除他与王立全、王寿贤、王水旺、王寿华等“计生三户”在当地创办的“流尾村计生苗圃场”的股东分成，王老汉自己每年的收入保守一点说也不少于20万元。所以，他在本村盖了新房后又在城里置下房产。王老汉说：“床头有袋糠，床尾有人扛。自己与老伴百年后，这些房屋就归两个女儿管，也不枉自己对女儿的厚爱和培养！”

去年，王老汉被政府列为计生工作奖扶对象，他每月享受政府发放的养老金。他的老伴范细梅是本村的计生小组长，津贴虽然不多，但是老两口却倍感光荣。他经常对人说："共产党做得好，我养两个女儿没白劳。"

王老汉植苗木、养花卉很有自己的一套。他家藏有一大沓科技种植苗木、花卉的书籍。有时，他还会跑到市林业局，请教苗木、花卉专家缪妙青与杨旺利，还叫镇苗圃场场长王建华做他苗圃场的科技顾问。王老汉种苗木、卖苗木都有自己的一套程序，寿宁赶墟他必参与，坂中春墟从不落下，宁德、福鼎、霞浦、柘荣等毗邻县市赶集，更少不了他忙碌的身影。一本市林业局发给的"绿色证书"，他不是揣在兜里就是挂在胸前，而挂在胸前时，他肯定是在侍弄他的"一亩三分地"。王老汉说："这'招牌'（绿色证书），挺灵验、挺值钱哩！"

有人询问王老汉："这把年纪了，咋不待在家中享清福？"王老汉回答很干脆："在家闲不住呀，自己手头滋润，女儿、姑父就少抠门了！"

（此文2012年10月23日发表于《福建日报》"武夷山下"）

郑华延的三头衔

福安市上白石镇郑华延，今年才三十岁出头的他，就拥有三个头衔。

第一个头衔：上白石镇义务消防队指导员。上白石义务消防队是继邻县南阳义务消防队之后，闽东乡镇消防队的又一支生力军。近年来，这支消防队在保护农村群众生命财产的灭火战斗中，战功卓著声名远播。就说去年腊月十八上白石镇曹洋村的那场大火。当天半夜，郑华延接警后，就一骨碌从床上跃起，与队长带领队员赶赴现场。是时的曹洋嘈声满洋，面对突发火灾的村民们都乱了方寸。“大家别慌，赶快切断火源！”郑华延放开嗓门，指挥群众并与队员用水枪死死压住熊熊火舌。“有一位老人还在屋里！”一村民急呼消防队救人。郑华延听到呼唤就奋不顾身地冲进火场，在队员郑用清的帮助下，两人终于抬出了老人……像这样的出警灭火、救人，郑华延自己也记不清有多少回了。事隔曹洋大火仅两天，当地南山头村又发生火灾，郑华延又再次在事发现场，赴汤蹈火。最难忘的是，今年年初发生在柘坑的森林大火，郑华延与他的30多名消防队员，整整在深山密林奋战了一个昼夜，数千亩林木保护住了，可郑华延的骨架几乎全累散了……

第二个头衔：农村电影放映员。上白石地处福安北大门，过去当地有民谚：走南莫走北，恰如寿宁泰顺角。可见当地山村的偏僻和困顿。作为农村放映员，一年四季，他得花费大量时间去侍弄他的“一亩三分地”。他置有一部摩托车，晚间人们经常看到他来也匆匆去也匆匆奔忙在左村右寨里。放映电影是他的主业，而在影片放映前，他都会不失时机地宣传党的方针、政策以及计划生育和新兴科技。郑华延说：“我是共产党员，党员就应当自觉充当党的喉舌；我是‘二女户’，‘二女户’宣传计生更有说服力！”

第三个头衔：“二女”养殖专业合作社社长。说起成立这个合作社的初衷，郑华延的眉宇间总会展示出一股逼人的英气：“谁说女子不如男？谁说‘二女’就挑不了生产的重担？”郑华延针对社会上个别人瞧不起“二女户”，总认为“二女户”是落骨的滩涂（鱼）——经不起波浪的现象，联络了同村的王龙光、王云清、陈旺松、林龙峰、池金声等“二女户”，投资20多万元，在一处幽静的山村建立了养殖专业合作社。合作社年养土鸡、田鸭2万多只，年创产值200多万元。最近，郑华延又和他的“二女户”伙伴商定：明年要扩大养殖规模，另外计划发展太子参100亩，让“二女户”们抱团致富。末了，郑华延还向我透露：“如果条件许可，明年我将牵头成立‘二女慈善基金会’，让当地的‘二女户’发展经济能有一座靠山呢！”

（此文2012年9月21日发表于《福建日报》“武夷山下”）

山里人和他的养鲍场

鲍鱼，作为一种珍贵的海鲜产品，过去多栖息于外海岩礁潮间带，不易打捞，且因其味美又极具营养价值而备受世人的尊崇，故而有“鲍尊天下”之说。即使在上世纪五六十年代，为招待外宾，相关部门也是派人到外海打捞，以不失桌面之礼。可见，鲍鱼为海中的稀缺产品，其“礼数”地位是其他海产品所不可替代的。然而，随着今日科技的进步和北鲍南养的普及，鲍鱼已走上了寻常百姓的餐桌。

一个风和景明的春日，我们一行造访了霞浦高罗的一家鲍鱼养殖企业——福建蓝鲸水产有限公司。

这家企业的老板叫林秋生，这位福安农村的中年汉子，5年前居然做出了一个让人跌破眼镜的举动：丢下一个当时称得上红火的按摩器厂，跑到霞浦这个海滩，创办了一家山里人从未涉猎的“水产”企业。说实在的，当时的林秋生哪里懂得养鲍的事儿呢。业内人都知道，养鲍行业是一种高投入高风险的产业，弄得好赚个钵盈盆满，弄不好得倾家荡产。林秋生，当年涉足这个行业，可谓是吃了豹子胆！的确，这个行业，不是常人都可趟水游玩的地方，它必须有高科技为其保驾护航！

这个山里人，有三头六臂么？有当地赶海人力挽狂澜的魔力么？这些，林秋生显然都不具备。可他却具备一个“万宝路”的脑袋。当年，他不知从哪里得到消息：日本人在这方面有独到的养殖技术。于是，他就跑到日本，诚邀日本人与之合作，并在扶桑建起了一个名优鲍鱼种子库。通过生物技术选育优良鲍种，用日本马岛、千叶的野生盘鲍进行杂交，培育出新品种——DDQ 二代盘鲍，然后再与我国大连的野生盘鲍进行杂交，选育出优质鲍种——DDQE 盘鲍，并将这种盘鲍命名为“蓝鲸鲍”。该鲍肉质肥厚，肉味鲜美，可与“鲍中之王”美誉的日本“糖心鲍”相媲美，经国内权威专家评审，该鲍具有耐高温、长速快、抗逆性强、成活率高等优点，从而获得省内“科技进步三等奖”。如今，这家公司年产鲍苗 3000 多万只，该鲍苗已成了霞浦当地 2000 多户养鲍专业户优选种源。

在公司门口，我们看到一块块“国家高新技术企业”“农业部水产健康养殖示范场”“福建省创新型试点企业”“福建省现代渔业企业”“福建省鲍鱼良种场”等牌子，几乎挂满了公司的半面墙壁。我们参观了这家企业，了解到蓝鲸企业是一家以水产育苗为主，集养殖、加工、贸易于一体的大型综合性水产产业。公司投资 2000 多万元，在 9000 多平方米的厂房内建有半封闭式的育苗车间、试验室、催产室、亲鲍室等，还在东冲半岛筹建一个年养 500 万只成品鲍的养殖基地。林秋生说，他干事业就崇尚两个字——科技。听说最近厦门大学海洋与环境学院的柯教授也被林秋生请到他的科研团队来当首席顾问，你说，他的企业还能不红火么？

（此文 2012 年 5 月 18 日发表于《福建日报》“武夷山下”）

永生的马路天使

4月5日下午4时许，宁德市公路局福安分局财洪站站长蔡发寿像往常一样，在他的岗位——104国道2093K段的边沟进行清理养护时，一辆小轿车，突然发飙般冲进边沟将他撞倒，与这段公路相伴30多年今年才54岁的蔡发寿当即命丧车轮。惊闻噩耗，财洪站6名养护工人迅即赶到事发现场，目睹躺在血泊中的老站长，禁不住失声痛哭："天哪！咋就这么不长眼？竟夺走这天底下少有的好人！""蔡头呀，你不能走，不能走啊……"尽管6位朝夕相伴的同伴撕心裂肺地呼唤，被同伴昵称为"蔡头"的蔡发寿，还是未能再次睁开那双慈父般的眼睛……

蔡发寿同志的追思会上，福安、蕉城，乃至省城赶来悼念的领导、同事和当地群众，几乎挤爆了整个会场。一份悼词没有念完，许多人已悲戚伤感得泣不成声。一个没有轰轰烈烈壮举，没有惊天动地伟绩的养路工人，他的死何以能让人们如此惋惜、悲痛？

福安公路分局副局长曾子慧眼前浮现蔡发寿殉职前一天的生活片断：清明节那天，曾子慧顺便到财洪站看望守站工人。一进站就见到蔡发寿正蹲在站边的花圃里拔草。曾子慧走到蔡发寿的身旁，问他清明节咋不去给逝去的亲人上上坟，却猫在花圃拾掇？蔡发寿笑呵呵地回答："待在站里反正闲着，正好有时间拾掇花圃，扫墓的事儿改日去吧。"他的同事说，蔡发寿根本没有节假日的概念。每年节假日包括年休，老蔡都让给了别人，而把留守任务留给自己。赶来参加追悼会的蕉城公路分局院后公路站站长陈锦荣伤感地说：当年在院后站只待过一年的蔡发寿，却与院后工人有着非同寻常的感情。调到财洪站后，听说当年院后站的一同事盖房缺少资金，便立马汇去3000元。上世纪90年代初的3000元，是蔡参加工作多年后所有的积蓄啊！财洪站工人说："蔡头心里装的只有别人，唯独没有他自己。"一年四季，站里食堂的蔬菜、地瓜粉什么的，都是老蔡无偿供给的。他家离站不远，老伴种了点地，他家里有什么东西都要拿到站里给大伙分享。财洪村民说，蔡发寿种有几株桃树，每年摘桃子，他都要分给村里的老人孩子。

2005年7月的一天，柘荣开往福安的中巴在他养护的路段发生车祸。蔡发寿带领站内工人第一时间赶到现场，用千斤顶和铁棒撬开变形的车体，救出重伤的驾驶员和旅客，见120救护车还未到达，就亲自驾驶公路养护车将伤员送到闽东医院，争取到宝贵的抢救时间。像这样的义举，老蔡遇到做到的又岂止一两回呢？

蔡发寿患有糖尿病、高血压，然而，站里的重活、脏活、累活他从没撂下。刚调站一个月的工人缪建安说："跟蔡头干活，你想偷懒都没门儿！"这个身材魁梧的年轻人，说起一次跟随老蔡去清溜方，想不到个头只到他肩膀的蔡头，干起活来却像个"泼猴"，他这个大块头根本不是老蔡的对手。

在蔡发寿35年的公路养护生涯中，6次被省公路管理局评为"先进工作者"，并被授予"全省公路系统百名优秀养护工"

称号；先后41次被宁德市公路局以及福安市公路局评为“先进个人”，而他所在的站也是上级部门连年评定的“先进班组”，财洪公路站在他的带领下，成了全区公路养护的一面旗帜。在收拾蔡发寿遗物时，其弟蔡寿飞在他家中的抽屉里翻出了一大沓奖状和40多本获奖证书后甚感惊讶。

都说环卫工人是城市的美容师，有“美丽天使”的美誉，而远离城市的养路工人呢？他们晴天一身灰尘，雨天泥巴一身；夏天蚊虫叮咬，冬天刺骨寒风，每人每天要养护保洁3公里的路段，他们理当受到社会的尊敬，“马路天使”的尊称当之无愧！当台风疯狂肆虐的日子，当年这些“马路天使”用生命和汗水在狂风暴雨中抢救公路塌方，以确保公路畅通。“艾利”台风横行那回，蔡发寿年迈的母亲在电话中向他告急：家里房子让泥石流冲坍了一半。他让母亲先到隔壁家暂避，公路受堵，车行不了，溜方很多，十万火急！他挂断手机，再次冲进风雨交加险情危急的场地……

蔡发寿走了，然而，人们又觉得蔡发寿从不曾离去，因为他是永生的，像这样的马路天使，将永远活在人们的心里。

（此文2012年5月8日发表于《福建日报》“武夷山下”）

九月低语拨清音

有人调侃：诗是寺庙里和尚的言语。不然，“诗”字咋是“言”字旁加个“寺”字呢？不管人家调侃是不是有水平，够经典，反正我信。看今人诗作，不少像僧界的梵语，我更觉得斯言不谬矣。我虽读不懂“梵诗”，却读得懂《诗经》。这种读得懂《诗经》，却看不懂“经（今）诗”的现象，在当下，可不是我一人的“专利”。想当年，杜甫作诗，稿子必先念给闾间叟妪们听，务使他们听懂后方可定稿。诗言志也。都说“诗无达诂”，但你的诗作起码要让读者诂出其中的某种意含；否则，诗写得像天书，让人看得一头雾水，你作品的社会效用就大打折扣了。那种拨弄玄虚、故作高深的诗风，委实是诗界的不正之风，理当清扫出门！

近读乡云（即苏丽萱）的诗集《九月的低语》（东南大学出版社出版），一扫当今诗坛存在的矫揉造作、无病呻吟之气，让我眼前为之一亮，精神为之一振。一个长期耙犁于基层的小学校长、特级教师，能将几十年的执教心语化为《九月的低语》，且弹拨得清音绕梁，一室馨香，确实让我感到意外、感到惊喜！

认识苏丽萱，可谓久矣！清华远程教育、政协委员相聚、优秀人才会议，我都与之同室“操戈”，只晓得她在执教方面卓有建树，想不到在赋诗方面有此等造诣，倏然间蹦出一册不菲的诗集，且写得繁枝生树，婆娑摇曳！可贺呀，可喜！

《九月的低语》，是讴歌园丁的一面旗帜！在集子第一辑《诗，空气的翅膀》中，《涂抹天年》有："遥远的记忆，在春光里/流连/春燕盘旋/在过往的天空/露珠裹满新绿。"此诗是作者校园生活的写意。都说诗歌植根于形象思维，其美学的核心问题是如何去体现它的形象性。苏丽萱不是专业诗人，却深谙作诗个中三昧。你看她接着写"花和卉的芬芳/唤我驻足静赏/柳以水的柔情/催我与之缠绵/看着绿醉/枕着风睡……"读着这样的诗句，你看到的是一个热爱学生、热爱生活，陶陶其乐的师之形象跃然于纸上！在《水如是说》中："我来自山林深处/流经大地，不弃梦想/用歌唱回报造物的恩赐……/江河行走/我把浪漫给了沿岸的青柳/高山绵延/我把娇艳给了西域的雪莲/原野辽阔/我把雄奇给了高俊的白杨……/在不断变换的步伐中/我走向无限生机/走向更加完满的/自己。"作者生在福安外塘水乡，故有《水如是说》。都说诗为心声。心的屏幕需要旖旎的风光。苏丽萱写的是自己，此诗她寓深意于极平淡的笔墨之中，在近乎平白的语境中表现了深沉的情感。这种素描虽无须高超的技巧，但仍需一定的功力。

集子的第二辑《诗，沙滩的贝壳》中，作者在《旧家的水缸》里写道："缸盖当书案/缸体冰凉/却扯进阳光……/晨曦挑进曙色，星辰送走月光/旧家的水缸/那光影/至今明艳艳/晃悠我胸膛。"如果没有生活的经历和累积，很难想象作者能写出这样的诗行。诗歌重在意象，意象美否决定诗歌的好孬。此诗意象的叠加，达到了意境的交融，给人予厚重的质感。

在《空灵的思绪》中，作者写道："那抛给明天的故事/被悉数唤醒/如一杯滚烫的酒/想去品尝，但无法企及/想去呵护，

却脱身不得 / 乐曲声给出的意境 / 卷走了我心灵的孤寂 / 移位的萧疏渐次清晰……/ 斑驳的墙面已遍布岁月的残影 / 无力的双眸挂满潮湿的记忆。”整部诗集，此诗是苏丽萱写得最为凄切的一首，明眼人一看便知是她调离教育一线时所作，诗中倾诉了她热爱教育工作的一腔真情。此诗运用了“反常合道”的技巧，即王夫之提倡的“以乐景写哀，以哀情写乐。”“滚烫的酒”“乐曲声”均为乐景，去反衬“岁月的残影”“潮湿的记忆”，之是一种很高明的写法。这种意象经过诗人的主导情思的诱导，达到了很好的表现效果。

在集子的第三辑《诗，晚来的潮声》中，作者写得最生动的当是《一种本领》。“胸怀，是委屈撑大的 / 胸怀，是博大滋养生成的 / 上天啊 / 请赐我一种本领 / 把委屈的痛苦深藏于心 / 把温馨的快乐回报 / 给天 / 给地。”艾青说过：“诗，永远是生活的牧歌。”我了解苏丽萱是个工作的狂徒，但她却热爱生活，懂得感恩。几十年园丁生涯，她经历过多少风吹雨打，委屈从来不在话下，感恩回报人民，心中唯有天大地大，通过《一种本领》，你可以欣赏她生活的牧歌所绽放的感恩奇葩。这辑写得最具张力的当是《课的篇章》。“书香溢满的张力 / 推动着潮水般涌向教室的少年 / 课堂绽放的礼花 / 吸引着所有听者的眼球 / 生动情节营造起来的灿烂 / 使原本抽象的理论 / 瞬间被艺术化地激活 / 待我从陶醉中清醒时 / 天空的唯美已弥漫在我的心湖。”读着这样的诗句，你完全可以想象，作者在课堂上是怎样口吐莲花、舌灿中华的。书香、少年、礼花、眼球，种种意象全为了“生动情节营造的灿烂”，诗能写得如此隽永深刻，而出于一个业余作者，确实不简单。

集子的第四辑《诗，爱的召唤》犹如一壶沉缸的老酒，酽味十足，酴香四溢。在《别了，我的小天使》中，作者以呼告的笔触向她的小天使发出声声呼唤：“别了，小天使 / 我循着童音寻找你 / 那穿过秋水打湿的双眸 / 目送你如离弦的箭 / 奔向远方 / 别了，小天使 / 我依然陶醉于三尺讲台 / 倾听你花开的声音 / 成为我骄傲的，是你。”读着这样的诗句，我想恐怕谁的双眸都会被作者的秋水所打湿。爱是不能忘记的。苏丽萱对学生的挚爱，在这首诗里又一次给人深刻的印象。

《九月的低语》是全集的书名，更是集子的“压轴诗”。教师节里，“你的祝福如秋叶 / 一片片、一阵阵猎猎飞扬 / 那份无法遗忘的敬仰 / 给了我一生刻骨的珍藏 / 那温婉的情节，那无声的腾跃 / 鲜活在指行间，流淌在课本里……/ 你是海边守望潮归的岩石 / 尽管狂风暴雨将你的生命逐渐耗尽 / 你依然以生命的低语 / 吟唱在海的深处。”都说想象是诗歌的翅膀。没有生命诗歌就会死亡，没有翅膀诗歌就飞不起来、流传不开。此诗读后给人的感觉是你我难分，物我合一，其“海”也不是狭义的海，而是学海、人海、生命之海……作者通过上述想象，大大增添了作品的思想容量，反映了作品的思想主题，从中我们可以领略到当代教育作者甘为人梯、乐为蜡烛高贵品质所阐释的正能量。

园丁护花总是情，九月低语拨清音。让人陶醉、让人怡情！

（此文 2013 年 9 月 11 日发表于《福安乡音》“白云山下”）

第三辑

舌根撷趣

绕　蒙

端午前后，野果绕蒙也差不多成熟了。

绕蒙，是家乡一带村民对薜荔果的别称。其实，绕蒙也叫“绕网”，家乡方言“蒙”“网”谐音，故村人的叫法并不相同。

绕蒙，是一种常绿攀缘灌木，这种植物大多缠绕在墙头或树上，形成绵延的网状。农村破旧房屋的墙头，是绕蒙栖居的天堂。当年毛泽东诗词曾有“千村薜荔人遗矢，万户萧疏鬼唱歌”之句，描述的是我国南方某地遭受血吸虫病蹂躏，村子空荡冷清的惨景；直到我国医务人员攻坚克难，终于战胜此顽疾时，主席的笔端才爆出“春风杨柳万千条，六亿神州尽舜尧”的赞叹！绕蒙（薜荔），在当时主席诗词的语境中，居然以凄凉之情状出现，那是大大出乎人们的想象的。

然而，儿时我对绕蒙的钟爱，还带着一种温馨的印记呢！

说也稀奇，绕蒙果实有雌雄之分。雄的除了可提取淀粉外，几乎没有其他用途；而雌的就大不同了，除了表皮可提取淀粉外，腹中的籽粒还是制作“溶影”（凉粉冻）的绝佳材料。晒干后的绕蒙籽粒像细小的虾米，掺入少许熟石膏后，用砂布包扎好放在清水中浸揉，慢慢将其汁液揉挤进水里，揉挤得差不多时，便将布袋取出，待半个时辰，一桶“溶影”凝成半固体状后便可食用了。当年，福安乡间的街市上，小贩们叫卖“溶影”的吆喝声此起彼伏，那是一道令人垂涎欲滴的风景。

何谓“溶影”？你站在一桶“溶影”前，你的影子便溶到桶里了，这恐怕就是乡人取“溶影”之名用的譬喻法吧？将“溶影”用勺刀削入碗里，再洒点薄荷冰水和白砂糖，吃到嘴里的“溶影”爽滑爽滑的、冰凉冰凉的、津甜津甜的，在那个盛夏，一句话——美了你的舌尖，美了你的嘴巴，美得你心里绽开了花……

“溶影”好吃，绕蒙难摘。长在大树上的绕蒙，还可以攀爬摘取；而长在破厝墙头的绕蒙，得用长竹篙绑上柴刀才能割下。儿时，身材轻巧，哧溜溜哧溜溜地上树，滑溜溜滑溜溜地滑下，我采摘绕蒙的劲头蛮大。不过，破厝墙头是断不敢踩踏的，那是在太岁头上动土——太危险啦！大人的唠叨，小孩还是有所顾忌的。

如今，家乡街市上“溶影”已了无踪影，自己一大把年纪了，再去采撷绕蒙制作“溶影”已不胜体力。据说，绕蒙这野果可治多种疾病，其雌果制成的“溶影”吃了还可治疗无名肿毒、乳糜尿等痼疾呢！可是，在以西医为主打的今日，又有几多人去用绕蒙这种偏方？

屠格涅夫说：“乡村永恒。”乡村永远是我成长的根，根不断，梦不断，舌尖上的“溶影”，一直是我挥之不去的记忆，一直“绕蒙”在我的梦里！

（本文2014年5月25日发表于《福建日报》“武夷山下”）

艾　蒿

人间四月天，蚊蚋始蹁跹。

四月里，很难让我稀释对一种草本植物——艾蒿的眷恋。

谷雨前后，儿时的我，便会招朋呼友跑到田塍、溪边或园头，去毛艾蒿。这时的艾蒿，叶子已基本褪去苍白的绒毛。当菜已太老，作柴火又不禁烧，那做什么最好呢？制作成“驱蚊棍”（土制蚊香）是再好不过了。

要是在开春，艾蒿的叶子十分芽嫩，芽嫩的艾叶还是我们饭桌上的一道菜肴呢。上世纪60年代初，即使你不是农业户口（居民户），大人小孩每人每天的粮食定量也只有八两和四两，如果没有像艾叶、蓼叶、椿叶等诸多植物叶子作“靠山”，国人中的大多数恐怕很难逃过那阎王爷的鬼门关。那年头，不怕你笑话，有艾蒿的日子就是天堂！哪像今天，大鱼大肉腻得慌，吃辣的挑四喝酸的拣三，那是饱汉不知饿汉饥啊！不然，《穀梁传》中咋有“一年不艾，而百姓饥”呢？

四月的艾蒿，颈粗叶阔，这时的艾叶已不再是人们舌头上的诱惑，拿去当柴火烧，这东西又像枫叶一样会“限火”，稍含一点水分在灶膛里就噼啪不得，即便勉强烧着，它那特有的艾味，也呛得你两眼蓄泪；因此，农家拿艾草当柴草，那是较为少见的。

可艾蒿的一大用处是，烧它时冒出的气味，会把蚊虫熏得四处飞，来不及躲闪的，嗡地一声便呜呼哀哉栽到地上了。那时，人们大多家里穷，没钱买蚊香驱蚊，而艾草就成了驱蚊的一大“法宝”。我母亲常用破报纸糊一条驱蚊棍，在棍里头塞满晒干的艾叶和锯木粉。夜间，将驱蚊棍放在折好的像瓦楞纸似的纸片上，然后划一根火柴点着，一会儿，驱蚊棍的烟雾便渐渐弥漫了整个房间，你如果待在这样的房间里睡觉，可确保一个晚上不受蚊虫的侵扰。

艾蒿和锯木粉制作的驱蚊棍，最大的好处就在于可就地取材，既省心又省力，既无毒又安逸。因为，古书上早有明示：“五月五日……采艾以为人，悬于户上，以禳毒气。”既然艾蒿可禳毒气，驱除蚊蚋当然也不成问题了。

常听古人言，做事有殷鉴。四五十年过去了，艾蒿对于我来说，首先，它绽放了我的味蕾；其次呢，它温馨了我的酣睡。艾蒿哟，从春生至夏老，对你，我对你的感情，都依然“爱如潮水”！

（本文曾发表于福安新闻网艺苑及“今日福安”微信公众平台）

糊　溜

上世纪80年代初，福安人用红薯粉制作了“上珍龙卷面”，参加宁德地区首届全区小食制作大赛，并夺得金奖。一个偏远乡镇的小食，居然能在全区获得“头名状”，这委实让当地人有了荣誉感。

何谓“上珍龙卷面”？其实，就是福安上白石“糊溜”的雅称。那么，什么叫“糊溜”呢？其实，它就是用当地番薯粉制作的一种粉条呗！这种粉条为糊状，吃到嘴里不费吹灰之力便顺着喉咙滑溜到胃里了；因此，当地群众就给它取了个俗名叫“糊溜”，又因“溜”字笔画多，小商贩们写菜名时干脆把它写成“糊吊”了（“溜”“吊”方言谐音）。

制作糊溜，颇有讲究，每道工序，衔接缜密。首先，你得把番薯粉辗得细细后，放在一个稍大的盆子里；然后，取部分番薯粉用开水调成稀稀的糊浆，再将糊浆倒入盛番薯粉的盆子里，把浆粉搓揉成粉团。如果是夏天，在搓揉粉团时最好加入少许的白醋，这样，制作出来的糊溜坯，可以多放两三天而不变质。

粉团揉好后，最后一道工序是将锅中的水烧开，双手抱取适量粉团，举过头顶作搓绳索状，柔软的粉团便在手掌之中悬下一条匀称的圆带子，圆带子坠入锅中，被开水滚烫后便变成一条条晶莹剔透的糊溜坯了。

在上白石观摩店老板制作糊溜坯，那是一种艺术的享受。店家将粉团耍得像杂技，只见他团团抱起，圈圈入锅，款款捞起，水水浸缸，看得你不得不啧啧称奇，嘘嘘喟叹！

弄好了糊溜坯，只是为糊溜小食创造了物质的前提条件。接下来要烹饪一碗糊溜美食，你还得准备诸如洋葱、香菇、肉丝、虾肉、蛤子、海蛎、芹菜等肉蔬和佐料。取上述少许肉蔬放在油锅中猛炒半熟，然后舀入适量热水倒入锅中，再取适量糊溜坯放到锅内，煮熟后添入适合各人口味的佐料，即成一碗糊溜美食矣。

都说冬天吃糊溜，浑身毛孔散；夏天吃糊溜，全身流微汗。一大碗入肚，大半天顺畅；三餐轮流食，天天不厌烦。这就是上白石糊溜给人们留下的美好印象！最神奇的是，你若经常食用其糊溜，你会慢慢觉得自己的脸上焕发容光，因为，这全赖了上白石高山地道番薯粉中的淀粉具有美容作用使然。

（本文2014年7月10日发表于《福建日报》“旅游休闲”）

黄　瓜

福安人说的黄瓜，不是瓜菜的黄瓜（瓜菜的黄瓜福安人叫“七瓜”，或叫“刺瓜”），而是指“四大海产”黄瓜鱼、小黄鱼、带鱼、乌贼之一的黄瓜鱼。黄瓜鱼又叫大黄鱼、大王鱼、黄花鱼、黄金龙、大鲜鱼、红瓜鱼、红口鱼、石头鱼、石首鱼，等等，其名称可谓是林林总总、五花八门。

儿时，我吃的黄瓜，是官井洋所产天然野生的黄瓜。这种黄瓜无论是焖烤、红烧或清蒸，其肉都是“粒粒鲜、统统甜”，吃到嘴里鲜浓浓嫩津津，入口即化，其香味能直透你心底。那时的黄瓜，是福安人舌尖上的“蓓蕾”，能绽放舒心的“奇葩”！就是女婿给丈人、丈母娘送节，也要带上几条水灵灵的呢！当年有人出于对黄瓜的偏爱曾赋诗云：“佐以莼菜和咸卤，晨餐一饱醉颜酡；兴酣还欲问东坡，鲈鱼较此味如何？”诗中讥讽苏东坡，你那么爱吃鲈鱼，可鲈鱼又怎能与黄瓜鱼相比呢？确实没有可比性，天然野生的黄瓜是诸多鱼类不能与之比拟的。它不仅肉质鲜嫩、味美香甜，其鱼胶还富含维生素 A，名贵得很哩！而且它头颅内的两块矢耳石也可入药，给病人带来康健的福气！

黄瓜，原本是我国近海，尤其是闽东沿海主要的经济鱼类，但由于先前长期的疯狂捕捞，加之近年来近海海水的污染，已使它几近灭绝，而如今市面上出售的黄瓜，几乎都是人工孵化放在网箱里养殖大的，这种黄瓜已和野生的黄瓜，无论在肉质、营养诸多方面都是牛与马拖（顶）——不同的头面喽！

据老渔民说，当年官井洋的黄瓜汛期，成群结队的黄瓜都会从外海游到官井洋内产卵。在生殖季节，这些鱼群终日会发出“咯咯”“呜呜”的叫声，声音之大在鱼类中是少见的。因此，渔民从黄瓜发出的声音就能判断该鱼群的大小、栖息水层和位置，以便对其进行捕捞，也就是福安人所说的，根据黄瓜的“早达”“晡达”和“长达”来决定下网。

“官井之水涌沧波，黄花（瓜）逐浪纷飞梭；网师得鱼健吹螺，船头市集相肩摩。”。这首诗描写的是当年官井洋周遭的渔民到官井洋捕捞黄瓜的盛况，而如今这种盛况早已谢幕，悲矣哉！这确实让我记忆的屏幕，陡生了一层隔膜。

（本文曾发表于福安新闻网艺苑及“今日福安”微信公众平台）

撩麦糍

“夏至至，捡麦穗；兑光饼，撩麦糍。”这首耳熟能详的儿歌，至今还回响在我记忆的深处。

儿时，当硬铁铁的麦粒放到牙间嗑出咯嘣的声响时，麦子便从真正意义上“粉墨登场”了。这时的我，最大的企盼就是到麦田里去捡麦穗。

捡麦穗，跟在农民叔伯屁股后边，左颠颠、右颠颠，巴不得他们粗心少长眼，落下的麦穗铺满田。实说在的，人民公社时期，不少人出工不出力，“布田（插秧）龙弄舌（不整齐），割麦拍水射（很毛草）”，乐得我等箩筐里的麦穗匝密密。

捡回的麦穗要搓粒，然后拿到老厝垫坪上暴晒，待晒干后再用箕簸扬去麦芒等杂物；这样，剩下的全是颗粒饱满的麦子了。那时，对我们来说，麦子最大的用场是兑光饼和撩麦糍。兑光饼就找光饼店老板兑换，差不多一斤麦子能兑换 7 块光饼，其实一斤麦子磨成粉是远不止制作 7 块光饼的，但“货易货，没哀过”，完全是周瑜打黄盖——一个愿打一个愿挨，没什么好可惜的。而撩麦糍（调麦糊），就比兑光饼要麻烦多了。

首先，得把麦子磨成麸带粉，因为麦麸带面粉制作的麦糍吃到嘴里不黏稠。撩麦糍，是麦收时节家乡人的“家常便饭”。

操作起来也很简单。把锅里的水烧开，放入适量含麦麸的面粉，用勺子把水中的麸粉撩拨调匀即可。如果你高兴吃甜，就加些板糖，你高兴吃咸，就加点盐巴；两者均不喜欢，你也可以加少许葱花。

当年，物资匮乏，新麦制成的麦糍，对饥肠辘辘的我辈来说，就像猪八戒口中的人参果，让我等每每想起就能口角流涎。如今，自己虽一大把年纪了，但一旦想起当年的撩麦糍，舌尖还仿佛美滋滋呢！

（本文2014年8月19日发表于《福建日报》“武夷山下”）

牛松菇

“处暑，处暑，碰到雷雨，柴栏（林子）里的牛松，拍到了你的牙齿。”福安人的俚语，道出了这个时令，雨霁的翌日，林子里很可能长出牛松菇哩！

何谓牛松菇？牛松菇就是福安人对牛肝菌的叫法呗。

牛松菇，菇体大，肉肥厚，柄粗硕，是一种名贵稀有的野生食用菌，为“四大菌王”之一，属世界性著名食用菌。换言之，牛松菇是世界上最好吃的菌菇，即使被福安人青睐的鸡肉菇也难以望其项背，与之比肩。据专家分析：牛松菇，富含人体所必需的八种氨基酸，还含有腺嘌呤、胆碱和腐胺等生物碱，可治疗腰腿疼痛、手足麻木、四肢抽搐，还可用以医治妇女白带异常。这种极具清热解烦、养血和中、追风散寒、舒筋活血、补虚提神等功效的菌菇，还有抗流感病毒、防治感冒的作用。你说，谁不会喜欢这种功能齐全、食药兼备——可明显增加机体免疫力、改善机体微循环的菇类珍品呢！无怪乎，如今市面上的牛松菇鲜菇，一公斤要卖到将近200元的天价呢！

“牛松抠面满嘴甜，牛松塞（配）饭腹肚盈。”福安人对牛松菇的青睐程度，可以说是艄公爬上桅杆尾——到顶了。说也奇怪，一物降一物，一物亦融一物。譬如“排骨烹海带，味道真不赖。”“蒜头佘蕹菜（空心菜），不食其他菜。”“丝瓜拌花蛤，汤汁喝塌塌（一点不剩）。”也就是说，一种食物搭配另一种食物，其味道会变得特别的劲道。牛松菇也有这种特性，它跟面条，尤其是和机面混在一起煮，那种味道呀，就像电视上饮料的广告词——够爽！

福安人除了用牛松菇焯面外，还用牛松菇炒猪肝、炒香肠等。“牛松塞（配）酒，食死搭恭（情愿）。”食死都“搭恭”，那还用得着其他推崇的客套话么？然而，如今的牛松菇，市面上已是很少见了，偶尔有山民拿来出售，也是迅即被抢购一空。人们几乎不会顾及它的价位之高，正所谓物以稀为贵也。

哦，牛松菇！你绽放了多少福安人的味蕾！你简直是夏秋福安人舌尖上跳动的芭蕾！

（本文曾发表于福安新闻网艺苑及“今日福安”微信公众平台）

山薯仔

山薯仔，是家乡一带村民对土茯苓的一种别称。山薯仔，还有另一种称谓叫“仙遗粮”。依我的看法，山薯仔应该唤作“鬼遗粮”才是，因为，闾间传说，它是山魈遗存的一种干粮。

上世纪60年代初，全国闹饥荒，野菜野草都被饥民啃光了，山薯仔便成了人们口中的一种救命粮。

山薯仔，这种常绿藤本植物，叶子披针形，呈长圆或椭圆状，叶面似打蜡，有光泽。它大多生长在土层较厚的山坡地或灌木丛。它的主要功用是根茎，即土茯苓。土茯苓可入药，亦可当小食。

把山薯仔磨成粉，可作汤圆或粉条。在草根树皮皆可为食的当年，山薯仔汤圆和粉条，可谓是十二月的红蜻蜓——没处寻呀！这种求之难得的上佳食品，偶尔才能在人们的餐桌上“昙花一现”。给我印象最深的，是用山薯仔粉制作的“山薯仔油饼”，这东西黄澄澄、香喷喷、糯粉粉的，让人闻之口舌生津、嘴角流涎。那时，父母偶尔会买来让我们尝尝鲜。我尝后便嚷着不过瘾，父母拗不过我，便再度破费去喂饱我口中的馋虫。当年，那种拿到山薯仔油饼便大快朵颐、狼吞虎咽的窘相，至今想起还历历在目呢！

山薯仔好吃，可挖起来却挺难的。儿时，我曾跟随父母到山上挖掘。父亲嘱咐我："挖山薯仔时，你可别瞎嚷嚷，你一叫山薯仔就跟着山魈溜走了。因为，这是山魈的东西。"长大后我方明白：这是一种迷信的说法。其实，在当年，山上能吃的，几乎被人淘光了。谁发现一株山薯仔便如获至宝，谁都不想让他人染指自己发现的"宝"，你若瞎叫唤，那么别人恐怕就会跑来与你相争了。

据说，山薯仔忌讳的是铁器，而锄头又是铁制的，因此，挖时锄头嘴应尽量离植株远点。否则，就可能挖断山薯仔的茎块，使薯肉变了颜色呢。

山薯仔炸油饼，好吃是好吃，火气却蛮大。吃多了蹲在茅坑不拉屎——大便板结出恭难呐！儿时，肛门疼时只好喊爹哭娘呢。当时没有开塞露，可母亲有的是办法：拎一小块肥皂蒂，蘸水后塞到肛门里，不一会儿内急便解决啦！

咳！想起当年那糗事，脸上还是火辣辣！

（此文2014年8月7日发表于《福安乡音》"文史星空"）

锁匙芽

锁匙芽，是福安间间对野果枳椇的一种叫法。枳椇的叫法多着呢！什么鸡爪梨、万字果、鸡脚爪、鸡爪果，等等。锁匙芽味道似红枣，所以它还有一个别名叫拐枣。红枣味很甜，吃多了感觉有点儿腻，而锁匙芽甜中略带荔枝酸，酸甜爽口，百吃不厌。

金秋时节，锁匙芽在高高的树上闪烁着金黄的光泽。虽然它大多长在深山老林里，但是它那种想起就让人淌口水的诱惑力，我等小伙伴还是挡不住的，于是便不远数里赶去与它作零距离“亲密”。我们抱着锁匙芽的树干，两腿一蹬，两手一撑，哧溜溜哧溜溜便上了树的中央，一手搂树一手折枝，那黄澄澄的锁匙芽便成了我们的“战利品”。

在树上饕餮锁匙芽，是我们儿时最惬意的事情之一。专拣肥硕的、熟透的锁匙芽塞到嘴巴里，那种清甜浓郁的味道一下子让我们的味蕾绽得淋淋水水，让我们的味觉盈得满满美美。嘀嘀，想起儿时吃的锁匙芽，至今一大把年纪的我，还是禁不住涎水欲滴呢！

福安人为什么把枳椇唤作锁匙芽？这恐怕跟锁匙芽的形状有关吧。

古时，人们锁门一般用铜锁，这种锁皆为长方形状，其钥匙呈“上”字形，而野果枳椇就长得像“上”字那样弯曲，所以这里的人们就将其称作锁匙芽了。其实，枳椇长得更像鸡爪，更像和尚僧帽上印的“卍”字（即“万”字）形状，故其又有鸡爪果、万字果的称谓。

枳椇——锁匙芽，你不但开了我儿时的胃口，而且还健康了我儿时的肠胃。听大人说，锁匙芽极具健胃、补血、清热、利尿、止咳、除烦等功效，其树皮、叶子、根部、果实、种子均可入药。这么一种人见人爱的野果，如今，生活在都市里的人们几乎不认识它，大有一种“养在深闺人不识”的况味，这真是一种缺憾啊！

（本文曾发表于福安新闻网艺苑及“今日福安”微信公众平台）

嘴沿菠

与春姑娘热恋四五月后，待在田头、地角、坡地、路边的嘴沿菠，便羞红了脸庞。这当儿，儿时的我，就与小伙伴们猴急猴急地扑到了嘴沿菠的身旁。

嘴沿菠，是我们这一带乡民对覆盆子、藕田蔗、悬钩子三种植物和果实的统称。为什么将三植物冠一名呢？因为它们均为落叶小灌木，属悬钩子科，也算同一家族吧。

嘴沿菠，顾名思义，即嘴边的菠萝呗。嘿，这些植物的果实也的确长得像枚小菠萝。所以，我总觉得家乡人民将这些植物果实统称为“嘴沿菠”，还真的蛮有道理。

民谚云：“路边果子，拍人嘴齿。”嘴沿菠哎，你还真的拍了我们多少回的嘴（牙）齿呀！

四五月，羞得稍早的是嘴沿菠中的覆盆子和藕田蔗。覆盆子和藕田蔗均为匍匐状落叶小灌木，家乡人又将两者叫作匐地嘴沿菠，以区别于骑（立）树嘴沿菠——悬钩子。熟透的覆盆子果实中空，将其果翻过来，确实像个红盆子。这小野果滋味甚甜，又无渣粕，且果粒也略大于藕田蔗和悬钩子，加之田畴厝边经常可见，因此，覆盆子便成了我们猎物中的首选。不过，大人们一般是不让我们去采摘的。不让采撷的理由是：“这种嘴沿菠，都被老蛇舔过，吃了会肚子疼。”其实，我们才不管大人的吓唬呢，碰到大颗红透的覆盆子，小手一伸拎到嘴边，哈一口气便放进嘴里，哈哈，那个味道呀，真是美极了！

覆盆子，还是一味上佳的中药材呢。据说，它具有补肾、助阳、固精、明目等功效。成年后，我在鲁迅先生的文章中，才晓得了这个“秘密”。

同是嘴沿菠中的藕田藨，乡人又将其称作“布田菠”。因其大都在布田（插秧）时成熟，且大多长在田塍的岩壁上，故而取其名称。布田菠亦鲜甜可口，瘪籽无渣；因此，也成了儿时我等的猎取对象。不过，要蹚进水田里，摸到塍壁上采摘，对我们来说是有点困难。但儿时口中的馋虫老是蠕痒，也不管田里有水没水，能蹚得进去扑个正着便可解馋，尽管每次弄得裤子甚脏，回家后便遭爹娘责骂，但骂人不痛，我们早有领教，于是就不当一回事，孩提时那种顽劣，至今想起还真是觉得好笑、好玩。

藕田藨的根亦可入药，儿时常见大人将其和猪腿混在一起熬汤，说是喝了能祛除寒湿。如今，我从当地青草医那里得知，其根具有发表散寒、活血调经，以及消除肿胀等功效。而在当时，大人若谎称布田菠也有老蛇毒，那是骗不了我们的。因为，我们享用多次后也没见过谁被毒着的。

嘴沿菠中的悬钩子，一般长在山野或涧旁，它叶呈掌状，颇似凹角的桑叶，树枝刺特多，不小心小手就被咬出血，去采摘时我们会特别地注意呢。悬钩子的果实实心多肉，果熟时呈橙黄色，最具小菠萝状，且味道酸甜可口，往往一棵采摘下来数量不少。因此，上山时我们都会带上掏空的书包，将悬钩子“一网打尽”后装在书包里拎回家慢慢地享受。

说也奇怪，悬钩子一旦吃多，那阶段一般我们都不大容易患感冒，且手轻脚轻，做事特机灵。成年后，方知悬钩子也是一味很好的中药材，有醒酒、解毒、祛痰、固精及治疗重感冒的功效。

山川多秀色，大地尽迤逦。儿时的天真好动、活泼顽皮，倒是为自己的嘴巴平添了几多“机遇”，以至于今日一大把年纪了，想起了当时喜欢的嘴沿菠，还是满嘴涎泼，如嚼甘饴！

（此文2014年5月23日发表于《福安乡音》“白云山下”）

豆腐团

豆腐团，是福安人对豆腐脑（豆腐花）的一种称谓。

“团”，福安人一般泛指长得水灵的婴儿。豆腐团，其含义当然包含了对水豆腐的一种礼赞。

制作豆腐团，首先得将上等的大豆放在水中浸泡一昼夜，待大豆膨胀软化后，再一勺一勺地舀到石磨的嘴里慢研细磨。磨豆浆是慢工细活，由不得你浮躁性急，尤其是做豆腐团的豆浆，如果采用机磨，那豆浆的质量就大打折扣了。用石磨磨出的豆浆，会沿着石磨圆渠的口子流到下方放置的盛桶里，待盛桶的豆浆够制作一桶豆腐团时，制作师傅就会把桶里的豆浆舀到一个白棉布制作的滤兜中过滤。过滤豆腐渣是制作师傅拿手的“杂技活”，两手握住滤兜的边架，左右上下作弧状摇摆，那布兜中的豆浆就会渗出棉布的细孔流到下方的大盆里。过滤一遍，师傅还会往布兜中掺入适量的水，以便把剩余的豆浆都挤兑出来。

过滤完了豆浆，师傅便将其倒入锅里烧煮。烧时，师傅还会用瓠头（木制水瓢）舀起锅里的豆浆举高慢倒回锅里，以便观察豆浆的浓度，若太稠便给添加适量的清水，直至恰到好处。烧豆浆，也是一道颇为考究的工序。烧时，灶池（膛）中的柴火最好得用松柴烧，因为松柴火力猛，烧的豆浆香味特棒。豆浆要在锅里烧滚10来分钟后方能食用，烧不透足的豆浆喝了会拉肚子。

烧好了豆浆，就等着制作豆腐团了。

制作豆腐团，你首先得有一个木桶或一个瓮缸。先将少许熟石膏粉倒入桶（缸）内，再舀一勺凉豆浆倒到里面，用鼎筅（竹制锅洗）将豆浆与膏粉撩拨均匀，撩时速度要快，撩拨至好几分钟时停止操作，并将沾石膏豆浆的鼎筅放到一边。这时，你得迅即提起另一桶里的热豆浆直直冲倒至豆腐团的桶缸中，然后拎起鼎筅将上面沾着的石膏豆浆水洒到桶（缸）里，最后用桶（缸）盖沿推掉桶（缸）上面的豆浆泡沫，并盖紧桶（缸）。这样不到半个时辰，一桶（缸）豆腐团就可食用了。

福安人喝豆腐团的配料，大多用板（红）糖加姜母（老姜）煮的糖水；红糖姜母性温，豆腐团性凉，温凉中和，有益健康，这种豆腐团妇孺适合，老少咸宜。所以，一到夏秋，福安市面兜售豆腐团的摊点，便如仙女散花一样星星点点，蔚成“风景”。

（本文曾发表于福安新闻网艺苑及“今日福安”微信公众平台）

合花菜

福安人将马齿苋叫作“合花菜”，我以为蛮有道理。君不见合花菜白天绽放黄花，夜晚就闭合起它的花和叶么？绽花是常态，闭花是非常态，合花菜与含羞草一样，我觉得它们都是极具灵性的草本植物。

合花菜，是一种圣洁的菜，你瞧它经常和观音菜等菜肴一起登堂于庵堂庙观；合花菜，亦是一种普罗的菜，你也见它经常入室于庶民百姓之案上。这个岁岁年年生长在园畴菜地厝边的东东，其心也善，其性也良（凉）哉！不然，它与生俱来咋就带给普天下的百姓那么多的好处呢？

就拿我个人的体验和感受来说吧。在饥馑的当年，是合花菜每每填塞了我的饥肠；在足食的年代，又是合花菜常常呵护了我的健康。医家说，合花菜可入心、肺、脾三经，主治血痢、淋病、肠炎、阑尾炎、腮腺炎、急性扁桃腺炎等诸多疾病，将其捣烂还可敷治丹毒恶疮，如果熬汤亦可洗除湿疹、邪毒等皮肤感染，这种经验我本人就屡试不爽。一句话，合花菜，你真不愧是合花（乎）天下苍生的一种威灵菜！

合花菜可炒吃、可汆吃，亦可腌吃，其吃法还可添加各种佐料以适合每个人的口味。高兴吃酸的，不用开水汆直接与肉丝或虾肉拌炒即成佳肴；嫌其酸味的，可用开水氽过，再加大蒜、甜椒等一起炒吃，其味甚佳；喜欢氽吃的，可将其放在开水中焯熟，然后捞到碗中，佐以大蒜、辣椒等同样可绽味蕾。此外，还可腌吃，这种做法大都出自乡村农人，城里人一般嫌麻烦也懒得操作。

总之，萝卜、青菜各有所爱，合花菜的吃法食谱中并无“律法”，其做法完全靠你自己飞驰想象，你爱怎么做就怎么做，完全可以随心所欲，这也就是合花菜可亲、可爱、可人的地方。

（本文曾发表于福安新闻网艺苑及“今日福安”微信公众平台）

黄花菜

“快来哟，快来！不然，黄花菜都凉了！”这种调侃用语，恐怕谁都领教过。然而调侃也好，逗比也罢，这句话，从另一个层面也说明了黄花菜确实好吃，确实不赖！

黄花菜，又称“金针菜”，我们这里的农人唤它“金针花”。其实，黄花菜的学名谓“萱草”，雅名叫“宜男草”。萱草，你若是中医世家，可以肯定“谁人不识韩荆州”。它属百合科，是一种多年生草本植物。其花蕾味鲜质嫩，富含花粉、糖、蛋白质、氨基酸、胡萝卜素、维C和钙等人体所必需的养分；其药性可归肝、脾、肾三经，具清热利尿、解毒消肿、止血除烦、养血平肝、利水通乳、润咽宽胸、祛除湿热等功效，可治疗眩晕耳鸣、心悸烦闷、水便赤涩、水肿、痔疮、便血、乳痈等痼疾。因它好吃又祛患，可使人延年益寿，尤其是可颐益女性同胞获长寿，故而它又被上了年纪的女同胞们当作一种荣耀的“代称”。

萱草者，即老妪也；老妪者，即萱草焉。萱草，既辅翁又宜男，故而它又被冠以“宜男草”之雅称。“宜男草发连科禄，佳子花开及第红”。这对古婚联就是指一个女人生的孩子，连连在科考中金榜题名。“蟠桃已熟三千岁，萱草春生六十年。”“月蔼桂花延七秩，庭留萱草茂千秋。”“萱草耋龄添秀色，梨园庆寿播徽音。”这三幅对子是对六十、七十、八十不同寿诞女寿星的褒赞。由此可见，萱草——宜男草，在人们心中地位之崇高！由萱草想到宣纸，宣纸是书画家的文房四宝之一。宣纸以安徽产之为最，将其书画装裱，收藏千年依然焕彩，无怪乎人们提起萱草总要与“徽音”等相提并论呢！这些都是题外话，似嫌芜杂。

黄花菜，不仅好吃，还富含丰富的卵磷脂，可增强和改善大脑功能。卵磷脂不但可清除动脉内沉积物，而且还能降低血清胆固醇含量，由是，黄花菜还是高血压患者天然的保健蔬菜呢。医家说，黄花菜中的有效成分还能抑制癌细胞的生长，丰富的粗纤维可促进大便的排泄；因此，它还可以作为防治肠道癌的一种食品。

然而，任何一种东西都是一分为二的。新鲜黄花菜中含有秋水仙碱，可造成胃肠道中毒症状，故不能生食。若一定要食用，得将其用开水焯过，再用凉水浸泡二三个小时，或煮或炒均要用猛火炒熟煮透，这样方可确保万无一失，两全其美嘞。

（本文曾发表于福安新闻网艺苑及“今日福安”微信公众平台）

苦益菜

苦益，福安人读字跑音读成了“苦爹”。其实，稍懂青草医知识的人，都晓得苦益的学名叫“败酱草”（其中一种）。苦益还有别称叫“遏蓝菜”“苦益菜”，庵堂庙观的和尚、尼姑、道士、道姑，还给它取了个雅名叫“观音菜”；因为，相传观世音菩萨当年就经常吃苦益菜而得道升天的。

苦益不怎么挑剔生长的环境，山坡草地、沟涧岩壁，都是它惬意的繁殖地。这种叶簇生，边缘有粗齿的羽状形植物，还是福安人餐桌上的“常客”呢！

苦益味微苦，可你把它汆过滚水捞起来后，它的苦味就不怎么喳了。苦益做菜可炒吃，拌虾米，再放点辣椒，味道还是蛮好的。苦益猪小肠，也是福安人喜欢的一道菜，这道菜还可当药膳——清热解毒，祛瘀排脓，因为苦益本身就有这种功效，加之小肠性凉，药效便尤显了。最近，福安人还将苦愈切得细细，加些许番薯粉做“滑汤”，这种滑汤在宴席大鱼大肉后登场，还颇受宾客们的喜欢呢！

像我这个岁数的人，对苦益的妙用还有另一种记忆。

在特定的年代，苦益还被用作阶级斗争宣传的一种工具。“忆苦思甜”时，学校领导请来了苦大仇深的贫雇农给同学们作报告，报告无非诉说万恶的旧社会，劳动人民的日子比苦菜还苦，恶霸地主吃的是山珍海味，贫农雇农吃的是苦益喳嘴之类。报告完了，校方还会煮一锅苦益菜让大家尝尝苦味。本来苦益味道只是微苦，校方为了加深苦的印象，特地到药店买了黄连或龙胆草与苦益一起熬汤。这种为苦而找苦的作秀，至今想起还真的叫人笑掉大牙。

星移斗转，世事沧桑。如今，苦益能登上千家万户餐桌乃至豪门宴席的大雅之堂，上了年纪如我，当年是不可想象的。福安俚语云："骰子会蹸（转），地球会变。"世事嬗变，确实这样。

（本文曾发表于福安新闻网艺苑及"今日福安"微信公众平台）

烰番薯

儿时，很少有零食“塞嘴”， 烰番薯便成了那个年代我和小伙伴们舌尖上的一种美味。

最适应烰番薯的番薯品种，当属新种花（福安乡人称其为金瓠薯）了，其次是红薯，再次才是白薯。新种花，藤偏瘦叶单薄，产量却较高。红薯与白薯藤虽粗叶也厚，产量却不及新种花，抗病能力也略逊新种花一筹。

如果生吃番薯，当数红薯最好吃，尤其是霜降后番薯藤养分“落头”后，那红薯的皮特薄、肉特脆、味特甜，几乎可与荸荠相媲美。然而，熟吃番薯，那么红薯和白薯就不如新种花了，因为新种花的含糖量较高，香味亦浓。如果没有新种花时，我们才会选择红薯或白薯。

烰番薯，我一般会挑选一些块头不大不小的番薯，将其埋到灶池（膛）柴火正旺的灰乌（烬）里。灶池在烧柴时，灰乌的温度极高，不消半个时辰灰乌下面的番薯就会冒出水蒸气，待水蒸气挥发殆尽，且冒出皮焦的香气时，番薯也就差不多被烰熟了。烰熟的番薯取出后，马上剥去薯皮趁热塞到嘴里，那味道那个美呀，就甭提啦!

如今市面上的烰番薯，用烤箱烰，哪能烰出灶池烰番薯的味道？烤箱温度虽高，但烀与烤是两种不同的概念和方法，所以烀出的味道也就不一样了。再说以前种的番薯，用的是草木灰加人粪尿，草木灰是天然的钾肥，种出来的番薯含糖量特别高，薯肉也甜脆；而如今种番薯大都用化肥，有机肥与化肥相比，可谓是福安方言的一名歇后语：牛与马相抌（顶）——不同的头面啊！

当然，季节不同，烀番薯的质量也不同。霜降前，番薯的藤养分没“落头”，也就是说植物生长期的养分一部分还花在藤蔓叶上，这时的番薯生吃感觉硬邦邦，烀出的味道也一般。而霜降后，尤其是下霜以后，番薯在土里得到地气的涵养，那情形就大不一样，此时的烀番薯，怎不让人舌尖味蕾绽放！

（本文曾发表于《福安乡音》“白云山下”）

麻笋咸

毛竹，福安人叫麻竹，毛竹笋，福安人叫麻笋；麻笋腌制的笋咸，自然叫做麻笋咸了。

腌制麻笋咸，福安畲乡山民最擅长。山区的畲民腌制麻笋咸，一般选择没露土的麻笋——“白埋膏”来制作。因为没露土的麻笋，口感没有露土的麻笋那么麻，这样腌制的麻笋咸，便更能得到食客的认可了。

腌制麻笋咸的工序，其实很简单。将麻笋剥去笋壳后，给切成片，然后放到锅里加入少许的水进行烧烤。民谚云：三斤麻笋四包盐——烤咻烤咻。四包盐，这是夸张的说法，其实不用那么多，但盐巴用得重这是不争的事实。因为，盐巴用得重，有利于麻笋咸长期储存不变质。

烤好的麻笋咸，要将其储存在瓮子里。瓮子不能有水分，麻笋咸装入瓮子后要用手将笋咸压紧，以排除瓮中的空气。笋咸填装满后，可用干菅叶封瓮面，再用竹篾条将干菅叶固定牢，使瓮口与菅叶之间保留一定的空间；最后，将瓮子口倒置放在碟盘上（碟盘上盛一公分的水，以绝缘外部空气进入瓮中），这样瓮中的麻笋咸就可长期储存了。

储存一定时间的麻笋咸，取出食用时，可见笋咸上附着一层“白醭”，这层白醭是盐巴盐化笋块的使然，而并非霉变所致。

麻笋咸配稀饭很下饭，当宴席甜点也很爽。福安谚语：“啖齿龅牙，糟菜塞（配）茶。”麻笋咸与糟菜同属“腌菜一族”，照样可以“塞茶”。然而，随着当今人们生活节奏的加快，像“现汤焯现面，吃了满嘴甜”的项目有人搞，像“瓮浸盐橄榄，半天嘴无滥（涎）”的项目少人弄，如今的麻笋咸在市面上露脸的机会已越来越少，倒是邻县的周宁、政和一带还“花开不败”，遂成了福安人的所爱。

（本文曾发表于福安新闻网艺苑及“今日福安”微信公众平台）

虾苗糟

“虾苗抠(拌)糟，芥菜连头；食就食，不食蒜头(算了)。”这是过去福安民间流传很广的一句俚语。过去，生活困难，吃不起白米饭，家家户户只能拿一点大米与劣质的番薯米对半抠，而下饭的菜肴也大都是虾苗糟和芥菜头，故而民间才有了这么一种传谣。

“骰子会蹸（转），地球会变。”想不到当年被人们看作不入流的菜肴——虾苗糟，如今居然登堂入室进入寻常百姓家，甚至登上了宾馆宴席的大雅之堂。

何为虾苗糟？就是虾米拌酒糟蒸熟的一种菜肴呗。只不过过去的虾苗糟，是从鱼货店买来的臭虾苗，和农家酿酒剩余的酒糟做成的；而如今的虾苗糟，是从渔民手中买来的鲜虾苗，和自家酿的酒酿做成的。两者的区别，从质上还是有点不一样的。

虾苗糟如何制作？当然，它也得懂方法的。那就是将鲜虾苗用盐巴浸卤几天，等这些虾苗“瘦身”后，把它放到酒酿中抠成半糊状，再拿到蒸笼蒸熟取出，放点猪油、味精等即可食用了。用酒酿虾苗制作的虾苗糟，有一种“乳”味，就因了这种味道，所以它便很是下饭。过去，农家子弟吃饭塞（配）虾苗糟，吃得“喉咙蹸转车，做式（干活）掏家什”；如今，富家子弟也食虾苗糟，虽然喉咙照样“蹸转车”，但是他们已无“式”可做，无“家什”可掏，而专享清福了。

（本文曾发表于福安新闻网艺苑及“今日福安”微信公众平台）

穆阳扁肉

“扁肉好吃扑噜吞，穆阳（福安方言谐音‘没溶’）就化到喉咙；百岁街上食一碗，三天腹肚拍嘭嘭。”扁肉，是福安的特色小食，福安扁肉以穆阳最地道。福安人称扁肉为“冰捏”（音），因为福安方言接近闽中语系，与福州话差不离。南方人绝不称扁肉为“馄饨”，北方的馄饨皮厚馅杂，与南方的扁肉没有什么可比性。

穆阳扁肉有什么特色呢？特色多着呢！

首先，在于它的肉馅。其肉大都取自生猪臀部的瘦肉，此部位的瘦肉相对来说肉质要脆嫩些，这种瘦肉用硬木棒捌成的肉泥具弹性不黏附。穆阳扁肉馅做法拒绝用刀剁，用刀剁则留下刀腥，会影响口味。为了增加肉馅的口感，一些摊主还得加入少许的添加剂，诸如五香粉末之类。

其次，在于它的坯皮。坯皮的制作当然要用上佳的面粉，取发酵的面团（其中有少许的小苏打，这样可以增加坯皮的筋（劲）道，即韧性），与面粉混合，加适量的水可兜成坯料，然后将坯料用手反复研揉直至均匀，最后将坯料放在滚圆的竹竿下，用杠杆原理将坯料反复叠加压成薄如蝉翼的坯皮，然后将坯皮切成巴掌大的正方形，以便包扁肉时整齐划一。包扁肉也要讲究艺术。一手持坯皮，一手持篾片将肉馅抹到坯皮的中间，并随手用“兰花三指”将整个扁肉捏成一朵朵含苞欲放的“兰花”。扁肉包得好孬，这可关乎它的卖相，关乎能否给消费者一种愉悦的美感。

再次，福安人拌扁肉大都用猪油。取猪的肥肉，剔除猪皮后切片熬油，因为肥肉油比猪腹内的大油、小油少异味、有香头。熬油将毕前，摊主还会放入少许蒜头陪熬一会儿，以增添猪油的香气。

最后，焯扁肉也是一种很专业的活计。将扁肉放入汤水滚沸的筒锅内，但见扁肉如金雀般在筒锅内上下飞舞，一忽儿，一只只“金雀”便款款浮出汤面；这时，摊主便会迅即持漏勺将扁肉捞到盛有葱花、酱油、蒜头醋等佐料的碗内，然后用汤匙调匀整碗扁肉，是时，一碗色香味俱全的扁肉，就让你不得不味蕾绽开喽。

（本文曾发表于《福安乡音》“白云山下”）

米稜糌豆

“米稜、糌豆，做梨（来）祭灶；灶公灶婆，食了说猴（意指吃人嘴短，便‘上天言好事’了）。”“祭灶祭灶，就忖报孝；敬了灶君，福禄就遘（到）”。福安方言童谣，活脱脱反映了当地人用米稜、糌豆来祭祀灶公灶婆的风俗习惯。

福安方言，许多保留了中原古文字的音韵。福安人所称的米稜，其实就是外地人所说的炒米糕，然炒米糕的叫法，就叫不出米稜所特有的棱角分明的韵味。

米稜的做法，其实并不怎么复杂。首先，得挑选上好的糯米，在水中浸泡一暝日后，放到餴甑中炊熟。然后，将炊熟的糯餴摊到蔑簟中，让日头将其晒成米稜干，再将米稜干掺和到滚烫的砂砾中爆炒成米稜脯（未爆的米花）。炒好了米稜脯，就等着下一步做米稜了。

做米稜，得一斤米稜脯搭配一斤糖。糖分两种：一是白砂糖或红板糖，二是麦芽糖。两种糖各一半，将糖放在鼎中熬至六七成熟（不能太稠）时，将米稜脯倒入鼎中与熬糖拌匀即可。为使米稜从鼎中取出时不粘手，还得加入少许猪油。福安人做米稜很讲究，还会加入一些熟洋（芝）麻和花生仁，以增加米稜的香味和口感。

从鼎中取出米稜后，还得将其码在案板上，并用木块将其捶实压平；然后，用刀将其切成有棱有角的条条块块。

福安人说的糌豆，跟北方人说的糌粑是两码事。北方的糌粑是用青稞麦炒熟后磨成的面，而福安的糌豆是用糕粉、熬糖拌炒豆做的一种小吃。

做糌豆比做米稜相对要容易一些。首先，得将黄豆或黑豆倒入滚烫的砂砾中爆炒熟；然后，按一斤糖（白砂糖与麦芽糖对半）一斤糕粉一斤炒豆的比例，将鼎中的熬糖与糕粉炒豆拌匀即可。做糌豆无需猪油、洋麻和花生仁，糌豆也不用刀切，但你得用手把它捏成或大或小或团或圆的形状。

如今，随着人们生活水平的提高，祭灶糖的种类可谓是五花八门、花样百出，在祭灶期间已经很少有人做糌豆了，而取而代之的是做糌生仁，即用炒花生仁代替炒豆，糌生仁要比糌豆吃起来更香酥爽口。

哦，米稜、糌豆，那是我儿时的喜好。想当年，灶公灶婆还没动口，灶边的我已是口涎滴到兜肚。咬一口米稜满嘴喷香，啃一口糌豆咯噔一声牙齿唊龅。嗨！那个吃相呀，如今想起分明是福安人说的“怄（饿）死鬼”的丑陋！

（本文曾发表于福安新闻网艺苑及“今日福安”微信公众平台）

松罗葡萄

谁能想象，短短几年间，地处福安高寒山区的松罗，就脱贫致富，一跃成为立体生态农业示范区！谁能想象，一个不足3万人口的乡镇，栽培的葡萄，在全国葡萄评比大赛中连年获得银奖和金奖！

啧啧！松罗葡萄何以在全国葡萄赛事中，屡屡突然发力而“过五关斩六将”，一举拿下“投名状”？这其中的奥秘又有几人能周详？说实在的，松罗山区相对于平原地区，农业生产并没有任何优势可言，然而，松罗人却硬生生将农业劣势转化为农业优势，搞反季节蔬菜、晚熟葡萄等，就是他们撬动你无我有、你优我特的一道杠杆。人付一分我付十分，这些年来，松罗人一直在敲“紧锣”声，他们充分利用老区资源条件，争取到省老区办、老促会在该乡设立农业综合开发示范点。最神来的一笔是，邀请省农科院“科技下乡，双百行动（百名科技人员进村入户服务三农）”的专家，为他们的葡萄生产“保驾护航”。当然，他们亦请市农业局的专家经常给该乡果农把脉开方。这样一来，松罗生产的葡萄就有了绝对的品质保证。

松罗葡萄，尤其是松罗果农郑柯发培育的“大棚闺秀——巨峰葡萄”，其特点是果粒大、果形圆、肉质脆、糖分高、味特香（具乳香味）。这种葡萄富含多种维生素和花青素，对保护人体肝脏大有裨益。松罗葡萄的特质是能益脑、抗衰老、除疲劳、美容貌。其实，这种特质许多人都知道，但知其然不知其所以然者还是有的。在这里我简单说一句，之所以有上述功用，是主要得益于葡萄自身具补血功效哩！

2010 年，松罗葡萄在甘肃敦煌举办的全国葡萄评比大赛中获得全国银奖；2011 年，又在陕西西安渭南举办的“中国·渭南葡萄节暨全国第十七届葡萄学术研讨会”上夺得全国金奖；2013 年，又在广西兴安举办的全国葡萄评比大赛中再次摘得桂冠。

关牧村赞福安葡萄：“北有吐鲁番，南有闽福安。”我感佩福安葡萄：“上有俏松罗，下有俊象环。”福安葡萄之所以能撑起福建葡萄的“半壁江山”，抒写了“南国葡萄之乡”的葡萄童话，我以为松罗葡萄——委实是功劳大大！

（本文曾发表于福安新闻网艺苑及“今日福安”微信公众平台）

甜糟焯蛋

“嘴舌食毛（没）骨，经得起甜糟焯；寒天食暖身，热天大汗落”。福安人食甜糟焯蛋，那个食相呀，真有点儿“山猛海喝”。

甜糟焯蛋，是福安人早摊里的一道特别的风景。

地球也会蹸（转），时代更会变。如今的上班一族，早上起床大都懒得下厨房，他们跑到街上，便围着甜糟摊点团团转。张三左一个“来一碗”，李四右一个“来一碗”，喊得摊主心中既欢喜又发烦。“这兜（边）坐，马上焯，你稍等。”摊主见人多招架不住时会忽悠你等会儿。“咔——”蛋壳扔到垃圾桶里了；“嚓嚓嚓”，蛋清和蛋黄在摊主手持的碗中再也不分家，随着一勺滚烫的甜糟倒入碗内，那碗中的盛物便成了黄白相间的“雏菊花”。

“呼哧呼哧”，吃态急促，嘴角哈出一团团热气的，这大概是冬天里福安人喝甜糟焯蛋的食相；额头冒汗，嘴角微张，不时“呼呼——”吹口气的，这肯定是夏日里福安人喝甜糟焯蛋的模样。甜糟焯蛋蛮好喝，但一小碗大都塞不满福安人早上的腹肚；因此，往往人们还会买几个小笼包或是面包、馒头作“垫料”。有的人胃口差，“垫料”吃不了，便干脆叫摊主再给焯一碗，有了两碗甜糟焯蛋垫底，这一上午的班他就能撑得起。说实在的，在福安本地，甜糟焯蛋，可谓是老少咸宜，人人欢喜。因为这东西，原料是地道的，用单季稻的糯米制作的酒娘糟，用地产的土鸡蛋作主料，用纯净的白砂糖作配料，你说这早餐怎能不吃得口吞莲花，腹存精华呢？

甜糟焯蛋，既滋补身子，又舒经散风，上班的路上，让人精神多了几分激灵，办起事来也变得手轻脚轻啊！

（本文曾发表于《福安乡音》“白云山下”）

穆阳水蜜桃

桃子，之所以有“人间仙果”之美誉，盖源于王母娘娘的蟠桃盛会和寿仙偷桃的轶事。这，也让凡间百姓明白了王母也好、寿仙也罢，他们是很爱吃桃子这种水果的。

当下，正是桃子上市的旺季。我以为，福安的穆阳水蜜桃，是当今最具“仙果”特质的水果了。穆阳水蜜桃，气香、味甜、色亦美。你瞧，她浓妆淡抹，白里透红，如美人之娇容；她朱唇粉黛，馨气袭人，似美人之香软。观之油然而生爱美之心，闻之顿然感觉秀色可餐。不信，你啖她一口，保管你嘴里芳香四溢，清甜直沁你心底，让你五脏生津，满口流涎哩。更不用说那桃子营养极为丰富，含有果糖、有机酸、蛋白质、维生素，以及钙、铁、钾等微量元素，具有较高的药用价值了。因此，穆阳水蜜桃不但在周遭享有美人桃的盛名，而且在八闽还被视作果中的珍品呢！

穆阳水蜜桃之所以以果中珍品著称，一大因素是得益于她种植的地理条件。该桃种植地虎头、溪塔、葛南坂一带，那可是央视钦定的亲水游地域呢！那里的“花果山”毗邻水帘洞般的避暑胜地——清泉洞。那里的“猴子过溪”景观十分壮观，群猴搔首弄姿、憨态可掬，与“花果山”的桃园相映成趣。在这样清秀的地方培植出来的桃子，怎么能不濡染上些许“弼马温”的仙气呢？有人仿前人诗云：“穆水澮澮注仙葩，云山巍巍蔚彩霞；此桃只应天上有，人间能得几回尝。”穆阳水蜜桃在这样的地理环境中开花、结果，不长成“仙果”才怪呢！

追溯此“仙果”的来源，有人说是当年孙悟空搅乱了王母娘娘的蟠桃盛会后，此仙果的妙种就留传人间了。又有一说是寿仙老儿自从偷吃了仙桃园的桃子后，为销毁物证，遂将桃核抛下九霄；因此，这仙果也就在人间种植开来。其实，穆阳水蜜桃栽培历史的状况并没有那么神奇浪漫。而是源于 1931 年，穆阳苏堤人缪松章从德化引进几株桃苗种在园中，想不到这些桃苗异地种植后，与当地的桃子异花传粉，品质便一下子得到优化因而妙种流传。

我的挚友兰君是穆阳人，他告诉我，穆阳水蜜桃是有良心的桃子。她的心（核）是红的，你只要对她巧施肥水。她就给你丰厚的回报。我在想：从德化来的品种，恐怕都有那么一种“德性”吧。而一旦接上了福安的“福气”或称“地气”，她便化作崔护依旧笑春风的“邓林”，而满树和娇，万枝丹彩了。

置身于穆水河畔的桃花坞，眺望一片片桃园，我看到桃之夭夭，仙果累累，摘桃的摘桃，运桃的运桃，正所谓“风暖仙源里，春和水国中”和“满园桃色关不住，一地桃歌出天外”啊！

瞅着瞅着，我终于陶醉了，陶醉在风情妩媚的桃乡，那是一种不可名状的曼妙啊！

（此文 2014 年 7 月 24 日发表于《福安乡音》“白云山下”）

溪东番石榴

番石榴，是热带水果。在地处亚热带的福安溪东栽培，地理、气候条件并非得天独厚，可是300多年来，溪东（包括白塔）的番石榴，却长得枝繁叶茂果如玉坠，品质甚至超过了原产国，这不得不说是一个小小的奇迹！

说起溪东番石榴的来历，还带着几分的神秘。当地一位老农告诉我：是溪东天主教堂里的神父引进的。神父干吗要引进？我刨根究底。外国人在当地传教布道，不做点好事怎能让人相信他呢？这话说得在理。其实，世事是不能一概而论的，不然，就会落个“门缝里瞧人——把人看扁”的。

据我所知，溪东这个地方，天主教还是有一定基础的。当年罗江的大主教罗文藻，还是从溪东发迹后到罗江布道并远涉重洋而名播海外。溪东人说，当地的番石榴苗木原产新西兰，当年被神父引种溪东后，经过300多年的异国同化，如今的品质已与原产国大不一样了。

溪东番石榴皮薄多汁、香味浓郁、果肉甜爽，是同类水果中的上上品。经专家测验，溪东番石榴中的营养成分，尤其是蛋白质的含量相当可观，而钙、铁、膳食纤维、维生素C这些人体所必需的微量元素的含量，也比其他水果要高得多，最难能可贵的是它所含的脂肪热量却较低，一个番石榴的脂肪热量大概只有80卡路里，相当于苹果的一半，对人体来说可谓是“超级的健康”。故而常吃番石榴，能起到美容养颜、瘦身健身的作用，因为它的营养成分，能促进改善人体消化系统和提高人体的免疫力。基此，人们吃了还可大大减少普通感冒、牙龈发肿、高血压症、肥胖症、糖尿病及癌症的风险。所以，溪东番石榴之所以一上市，便成了周遭市民舌尖上的尤物，这也就不足为奇了。

溪东番石榴既好吃又营养，按理说，当地的果农应扩大种植面积并形成规模才是，然而，溪东番石榴这位“娇贵的宠儿”对地理、气候条件的要求相当的苛刻，它只适应于溪东、白塔那种特定的溪涧小流域，你把它移到略高的山地，其果实品质就“北枳南橘”不一样了。所以，尽管这个宠儿在溪东这块风水宝地栖居了300多年，如今它的年产量也只有2000多担，不过它创造的200多万元的年产值，还是足以让溪东、白塔一带的村民觉得是“碗面添肉”哩！

行文至此，告诉乡亲们一个好消息：经过我市科技工作者对溪东番石榴品种的筛选提纯，如今已在白肉番石榴单一品种的种群中，选育出红肉番石榴，并取得试种的成功。不瞒你说，这种红肉番石榴味道更爽、营养更足，足以让你的视觉感官萌生冲动，让你的口中馋虫为之蠕动！

哦，溪东番石榴，周遭货难求；吃上一粒果，半晌乐悠悠！

（此文2014年12月12日发表于《福安乡音》“白云山下”）

福安中秋饼

古人云："八月十五日谓之中秋，民间以月饼相遗（wei），取团圆之义。"中秋赏月尝月饼，据传缘起于唐时的李靖征讨匈奴中秋凯旋，唐高祖李渊以月饼犒赏之。李靖征讨匈奴事，至今已1400多年，若按《封神演义》说法，托塔天王李靖那年涯则更久远矣。

有人考证：福安的中秋饼（福安不叫"月饼"）沿袭于唐时的月饼，这话我信。这可从福安的民风民俗中得到验证。福安虽处闽地，但福安人的祖先大都是从中原迁徙来的。比如福安方言说的"走"，意思是跑；福安方言说的"行"，意思是走。这和中原古汉语之意完全雷同。如果说，福安的中秋饼传承了唐时的月饼，那是历史在福安定格的使然。

福安中秋饼历史悠久，声名早已远播矣！谓予不信，你到周遭县市宁德、霞浦、福鼎、周宁、柘荣、寿宁等地逛逛，那里的一些饼摊，或多或少都打着"正宗福安中秋饼"的招幌。由此可见，福安中秋饼在闽东各县市的名望！

福安人做事历来很"客恭"（讲究），做什么像什么。不懂得就是不懂，绝不装逼，这种秉性付诸行动拿来制作中秋饼，其中秋饼的质量当然令人赞叹！

福安中秋饼主要有两种：什锦中秋饼、香菇虾肉中秋饼。两种饼只是馅料有所不同而已。什锦中秋饼的馅料主要有花生、洋（芝）麻、白糖、瓜糖、猪肉、豆沙等；香菇虾肉中秋饼的馅料在什锦中秋饼馅料的基础上，增加了香菇、虾肉、蜜枣等。这些“客恭”的精料制作出来的中秋饼，“客”软过中秋食客的口舌，那是自然而然的事情一桩！

福安中秋饼原料构成的比例一般是：100斤中秋饼只用35斤面粉，而白糖和猪油则不少于50斤，还有的就是上述馅料的精货了。福安中秋饼的制作过程相当考究，制作饼皮的面粉经过炊熟后放到米筛上给筛散，并用猪油给揉匀，这叫揉面；揉完面给搁置一段时间，这叫醒面；醒够了面团，就可以捏剂了。馅料的制作要经过好几道工序。首先，花生、洋芝麻、果仁等要炒熟，香菇、虾肉等也要煨熟，上述熟料还要按一定比例与猪油一起拌匀，这叫拌馅。然后将馅料揉成圆团，揉团完毕即可用“捏剂”（饼皮）包饼了，包好饼后还要置油纸于饼底，接着用扁锤压饼成型，再用蛋液涂刷饼面，并撒洋麻或嵌花生加以点缀。最后，将饼块送到烤箱进行烘烤。

以前，中秋饼皆用木炭作烤料，如今则用电烤箱烘烤。时代更替，今非昔比，可时至今日，福安中秋饼的出炉（箱），依然弥漫着唐宋古典月饼特有的香气。

（本文曾发表于福安新闻网艺苑及“今日福安”微信公众平台）

第四辑

岁月爪泥

洋山路

上午，阳光溅到眉梢时，洋山公路两旁的土圪垯，才袅起冰碴儿消溶的水气。严寒，没有冻住我们探访当年“福安县苏维埃上中区政府”所在地——洋山村的热情。

车子旋上山路十八弯的洋山，便见村东头一棵四人合抱的巨松在迎迓我们，其虬枝在寒风的推搡下，仿佛在向我们招着手呢。离松树不远的地方有一株香樟，张扬的华盖整整荫蔽了村头开阔地的一大块。迎接我们的村支书说：原先修公路时，计划要砍掉这棵树，可是，村中一位老大娘，在夜里梦见曾志跟她说：“樟树是万万不能砍的，当年，我和陈挺将军不就是在这棵树下策划革命斗争么？”翌日一大早，老大娘就将梦中情形告诉村支书。为了保存这棵革命“文物”，樟（彰）显这种革命精神，所以，村里就留下这棵极具象征意义的香樟。

我环顾整个村子，村子很小，只有几十户人家。1934年4月，革命低潮时，该村还遭到国民党军队飞机的轰炸，一间房屋受损，一个妇女牺牲。如今，这栋房子虽破，但房顶的红旗仍然飘扬在天空！这让我想起了拜伦的诗句，我似乎看到这个革命老区基点村革命后代的血管有血液在奔流。

在村东头，我们还遇见了当年陈挺将军的通信员王雁青的堂弟王焕青。年已朝杖的王老汉刚从山上种太子参回村。村支书介绍，这个腊月王老汉一家子就种了 10 多亩太子参。我们问王老汉一年种参的收入？他乐呵呵地笑而不答。“现在公路通了，太子参也好卖了，明年大概可收入 20 多万元吧。”支书一边说着一边领着我们来到村中。

在村里，我们还见到福安市富民农业有限公司的女老板王林琴。王林琴也是洋山村的村民，她姊妹仨在福安开了一家公司，还创办了一个种兔场，养了 20 多万只獭兔。这当儿，她正运回一车兔粪供乡亲们作太子参的有机肥呢。支书介绍：“过去洋山没公路，乞食（丐）到这里没想头，都往回走。”洋山解放那一年，陈挺将军问王雁青：“要不要给你安排个工作？”雁青说，自己没文化干不了，给娶个老婆就行了。这虽是笑话，但也是实话，可见当年该村村民日子过得多窘迫。经过这些年的努力，洋山群众手里有了盈余，去年在上级相关部门的支持下，洋山村更是举全村之力，集资 90 多万元修通了 2.5 公里的山村公路。有了路，一年间村民就开垦了 200 多亩荒地种上了太子参，明年还准备试种田七和西洋参。看来洋山发“洋财”的日子已经不远了。支书说话很是惬意，我们听着心中也甚喜，更为这条路给乡亲们带来脱贫致富奔小康而感到慰藉。

一条打通外界的生命路。沿着这条红色之路，我似乎触到了中国农民，在建设美丽中国的征途上开拓奋进的脉搏……

（此文 2013 年 3 月 10 日发表于《闽东日报》“太姥山下”）

路　魂

深秋，浦南高速闽浙交界处一块地表上，矗立着一块石碑，碑上硕大的“路魂”红字，与周遭山野的色调倒也融合。不过，这遒劲的字体在海拔弥高、万山红遍、层林尽染的路人眼里，还是显得十分突兀和光焰夺目！

浦南高速，即南平浦城至浙江衢南的高速公路，它是国高网北京至台北、长春至深圳高速的组成部分，也是我省目前在单个设区市境内，建设里程最长（244.4 公里）、投资最多（98.03 亿元）的高速公路。该路段在我省首次实施大标段，采用合同总价包干施工总承包方式建设，其建设方为南平市高速公路责任有限公司，承包方为中铁十一、十五、十八局。工程于 2005 年 10 月动工，2008 年 12 月建成通车，比预计提前一年完工，工程被交通部列为全国第一批公路勘察设计典型示范工程，并夺得南平市“十大工程建设创业竞赛”第一名。通车庆典那天，建设方、承包方、监理方及后勤保障方的人员把酒言欢，互相道贺。道贺之间，许多人禁不住热泪盈眶，有的甚至抱头痛哭！这种乐哀互现、反常合道的情景，确实感动了在场的所有人。

喜极而泣，这里面饱含了多少人的酸甜苦辣，蕴寓着多少人难以言状的复杂情感！这条被省人民政府授予“福建省重点工程优胜奖”，被当作全省高速公路建设经验示范加以推广的高速公路，在当时的状况又是怎样呢？仅其工可的申报，就几经周折。南平，曾一度被人们戏谑为“难贫”，过去的家底是一个很难与外人启齿的话题，其社会经济在相当一段时期，均在全省垫底。省市两级政府当时皆认为，要打造这一鸿基伟业尤感底气不足。资金少，开工不足这一老大难问题，确实一度捆住了建设者的手脚。地方财政刮尽家底，勉强给凑足了几千万元，省里虽然也拿了几亿元给上市公司，但对需近百亿元的天文数字，这点“小钱”无疑是杯水车薪。

南平，作为一块历史人文积淀极为丰厚的红色沃土，这里的人民群众当时虽然相对困难、贫困，但是这里的人们历来有一种“敢教日月换新天”的果敢、坚毅的气概。2004年，当他们经过千回百折将国务院的工可批复拿到手后，就动员全市力量进行紧锣密鼓地排兵布阵，翌年便兵分南北两路挥师合击。短短三年多，这条让闽北人民“莫道不销魂”的高速公路便大功告成，使闽浙两省人流物流的大血脉得以畅通，实现了两省人民梦寐以求的“天堑变通途”的梦想！

回放南浦高速建设的进行曲，就像一曲曲震撼闽北大地的“大风歌”！这里的建设者一个个都像《水浒传》里的“拼命三郎”——石秀，日日夜夜不要命地拼搏在南浦的工地上。值得推崇的是，在那里领衔担纲的“头领”林明庆，他虽无孙悟空拔一撮毫毛变成一大群精兵的本领，却也有“沙场秋点兵”的能耐。当年，南平市领导在物色公司董事长时，早就把他作为第一号人选。因为，早前他就与公路建设打过好多次交道，且都屡战屡胜。

林明庆履职的当天，就把两眼铆到赋闲在家的南平“公路王”高工欧国宪的身上。林明庆亲临年近古稀的欧老府上，请他助已圆其“闽北梦”而再度出山。“三顾茅庐”情义切，盛情难却的欧老终于遂了他的心愿。接着，林明庆又招兵买马广罗精兵强将，待一班人马到位后，他就因才施用，部署方案。

首先，要筹集一大笔建设资金，他敦促市政府通过人大决议以法律形式出具建设资金担保文书，并亲自上北京向国家开发银行攻关，求爷爷告奶奶地用感情打动金融巨头，让其给南平这个老、少、边、贫地区给予政策倾斜，从而争取到了几个亿；此外，他又因地制宜根据南平山区土地富余的市情，用土地作抵押，将出让金盘活为资本金。有了这几单家底，林明庆犹如注入了强心剂，顿然耳聪目明，显得手脚麻利。

完善公司架构机制，这是林明庆出的第一道菜。打破了铁饭碗，使其麾下的干将个个都敢于担当，运作起来便有了超常规的手段。起先，他也曾沿袭通常做法：施工单位实行承包责任制，实施的是“交钥匙工程”。可是，受利益的驱使，各施工单位缺乏配合、各行其是，致使工程建设乱成一团麻，这下子让林明庆一班人全都傻了眼。他们发现这种苗头，立即“刹车”，并断然采取措施去收拾这个烂摊。一竿子捅到底，全程施工全程监管，公司所有人员均挽起袖子、裤筒，全身心地投入工地上。三年间，他们吃住和工人在一起，从公司董事长到公司高管，没有人睡过一次囫囵觉。

“苦不苦，想想长征二万五；累不累，想想英雄董存瑞。”林明庆当年受的苦和累，使自己身体至今落下了多种顽疾；省劳模、公司高管吴传春，因父亲患脑血栓，自己无法照料而让妻子、儿子代为尽孝，至今想起心中仍存戚戚然；公司高管肖志勇，老婆得了乳腺癌，躺在医院的妻子全赖女儿长年侍候，至今想起，他还是忍不住喉头打噎……

忠孝不能两全啊，公私不能兼顾！像这样的事例又岂止一两桩？！

南浦高速，从工可申报，到三年建设，其中经历了几多波折几多拼搏，终于换来了福建高速公路史上的多个奇迹：征拆迁零投诉、优化的融资模式、优质的质量管理、上佳的BOT模式和最佳的廉政建设；而这其中拼搏奋斗的千辛万苦，只有南浦高速建设的亲历者唯心可知！

啊，踏遍坎坷成大道，斗罢艰险又出发！南浦高速之路魂，就像一盏永不熄灭的灯塔，照耀着林明庆们永不停息的步伐！

（此文刊载于《南平高指奋斗史纪实》）

走读华清池

人间四月天，池树春草碧。去了一趟十三朝古都西安，临潼国家度假区骊山西北麓的华清池，当是我观光的首选地。近来，这里“缓歌曼舞凝丝竹”“仙乐风飘处处闻”，西安市歌剧院夜夜在此上演大型历史歌舞剧《长恨歌》。身披霓裳羽衣的佳丽们，在现代布景和声光雷电的催化下，簇拥着唐明皇和杨贵妃，很让全国各地的观光客的眼球在这里聚集。

唐玄宗和杨玉环的爱情故事，之所以能长期吸引人们的视线，我以为得归功于当年白居易《长恨歌》的神来之笔。否则，今人是绝对不会在舞台上把《长恨歌》的剧情演绎得如此缠绵和悱恻；更不会有李玉刚“爱恨就在一瞬间，举杯对月情似天；爱恨两茫茫，问君何时恋”的刚柔反串，给人们经久的把玩。

是呀，“华清池畔留下太多愁”，“菊花台倒映明月，谁知我爱心中藏”，太真女要“醉在君王怀，梦回大唐爱”，如今已成为南柯一梦！然而，我们走读华清池，品味《长恨歌》，从中悟出的道理又何尝不值得一生的咏叹？！

当年，李隆基自封为“开元天宝圣文神武皇帝”，可这个“圣文神武皇帝”却两眼失聪，重用的尽是李林甫、安禄山、杨国忠、高力士等奸佞小人，所以长安王朝在“安史之乱”中一度大厦将倾。无忠无奸，不成江山。所幸，太子李亨在郭子仪、李泌、李光弼等忠臣的辅佐下，力挽狂澜、平定叛乱。

经过马嵬坡的磨难，唐玄宗如梦初醒："爱恨就在一瞬间"，用人也在一念间。要不是自己用人不当和沉迷女色，"春寒赐浴华清池，温泉水滑洗凝脂"，"春宵苦短日高起，从此君王不早朝"，咋有"渔阳鼙鼓动地来，惊破霓裳羽衣曲"的悲剧？！一切的一切，都成梦魇！所以，李隆基连皇帝也不当了，还是让位给有所作为的太子李亨吧。至此，我们终于品读到了一个落魄皇帝"罪己"思想的端倪！

其实，世上有情反被无情恼，好心被当作驴肝肺的事情还少见么？泱泱华夏，煌煌史籍，承载了多少荒唐和离奇的东西？读历史，知兴替；赏歌舞，见青萍。人学聪明些，世上没有后悔药，蓬莱亦无"长生殿"。君若明了个中味，当知三千宠爱亦是虚，何必长恨于华清池？！

（此文 2012 年 5 月 27 日发表于《闽东日报》"太姥山下"）

艰难困苦见情韵

法国的巴尔扎克，一生把苦难当作垫脚石，终于登上了世界文擘的宝座。西班牙的塞万提斯，一生穷困致力创作，其《堂吉诃德》成了世界名著。中国的欧阳修，命途多舛著述不断，终成北宋文坛一代宗师，连晚辈的苏轼、苏辙、王安石、曾巩等皆出其门，而后世的桐城派诸人，更是以效其“六一风神”之文为能事。

庐陵欧阳修，之所以成为唐宋八大家翘楚之一，这与其身世的大起大落，所经受的磨难是大有干系的。如果说，人间的悲情莫过于少年失父、中年失妻、老年失子（女）的话，那么欧阳修的一生可谓是“通吃”了这“三大悲”矣。他 4 岁丧父，后随母郑氏投靠叔父欧阳晔，在中年时又死了爱妻，几年后，他好不容易才续弦生女（取名女师），待女师长到 8 岁时又不幸夭折。而仕途的起落，让他更像一介浮萍随波漂流，历尽风霜，最是奇耻大辱的是，莫过于政敌诬告他与外甥女张氏有暧昧之情。这种泼污与马克·吐温在《竞选州长》中政敌所使用的手段如出一辙，该项诬陷虽被查证实属无中生有，但朝廷还是以其侵占“张氏之赀”的污名，将其贬知滁州。《醉翁亭记》就是他被贬滁州后所撰的“欧阳绝作”。“醉翁之意不在酒，在乎山水之间也”。透过纸背，人们不难看到醉翁乐于山水之间醉眼中的蓄泪。

欧阳修的文学成就，以散文创作尤为突出。除了《醉翁亭记》，像《真州东园记》《有美堂记》《丰乐亭记》等，在当时均为扛鼎之作。然笔者以为，他在赋颂方面的杰作，在中国文学史上也占一席之地。其中的《述梦赋》与《哭女师》，曾让多少人读得泪眼模糊！《述梦赋》为悼妻文，其夫人胥氏产子未满一月即亡，这让欧阳修肝肠寸断。“呜呼！人羡久生，生不可久，死其奈何！死不可复，惟可以哭……歌不成兮断绝，泪疾下兮滂沱，行求兮不可过，坐思兮不知处。可见惟梦兮，奈寐少而寤多。”丧妻之恸，长歌当哭，梦中觅妻，虚渺恍惚，凄楚动人，如泣如诉。“愿日之疾兮，愿月之迟，夜长于昼兮，无有四时。”欧阳修哭妻哭得岁月参差时光停滞，真挚之情确实感人肺腑。而《哭女师》更是叫人读得心有戚戚，泪腺汩汩。“暮入门兮迎我笑，朝出门兮牵我衣。戏我怀兮走而驰，旦不觉夜兮不知四时。忽然不见兮一日千思，日难度兮何长，夜不寐兮何迟！暮入门兮何望，朝出门兮何之？恍疑在兮杳难追，髧两毛兮秀双眉，不可见兮如酒醒睡觉，追惟梦醉之时。八年几日兮百岁难期，于汝有顷刻之爱兮，使我有终身之悲。”全文仅116字，竟让我掬把泪，大有郑板桥“墨点无多泪点多”的况味。8岁稚女，乖巧伶俐，小鸟依人，却突然夭折，怎不令庐陵叟悲怆凄楚，追思恍惚？！娇女之影，宛然在目，舐犊之爱，刻骨之恸！爱女只活了八年零几日，却让欧阳氏抱恨一生！读这样的文字，人们不难体察欧阳修其时老衰且病，愁绪盈胸的苦状。在致仕颍水之后，欧阳修遂将自号“醉翁”易为“六一居士”（琴、棋、书、酒、金石遗文及老迈之身为“六一”），他只有与其“五一”为伍，方能聊度残生；只有与诗书相伴，方能不枉余生！

哦，欧阳氏！艰难困苦见情韵，玉汝于成自风神！

（此文2014年4月10日发表于《福安乡音》“文史星空”）

红叶纷飞忆将才

又是一年霜叶红，又是一岁芳草绿。今年，是叶飞同志诞辰100周年，这让闽东苏区人民乃至全省人民，又涌起了一股绵绵的缅怀思绪。

叶飞，当年出生于菲律宾吕宋岛的一小镇。这个中外“联袂生产”的叶启亨（叶飞原名），1919年随父回到祖籍地福建南安的深垵村。在启蒙老师叶骥才的引导下，他从一个稚气未脱的少年，到懂得许多革命道理而投身革命，直至成长为一位无产阶级的革命家。叶飞一生的轨迹，就像一棵大树，叶子从青葱到碧绿，从碧绿到透红，直至像小鸟一样纷飞落地，入土化成泥，为大地母亲增添几分绿意。阅读《叶飞回忆录》，给人的感觉是这棵大树如此丰硕和伟岸，尤其他在闽东开展革命斗争的五年，包括艰苦卓绝的三年游击战争，他和邓子恢、曾志、马立峰、詹如柏、阮英平等革命家，带领闽东苏区人民取得一个又一个的胜利，为建设闽东苏区“五百里政权”，建立了不可磨灭的功勋。而其中的“兰田暴动”“甘棠暴动”“霍童暴动”等皆留下他叱咤风云的身影；“狮子头遇险”，更是叶飞生涯九死一生所创造的奇迹。从18岁受中共福州中心市委委派，到闽东担任特派员，到23岁率工农红军闽东独立师北上抗日，叶飞在闽东大地留下了一串串闪光的足迹，尤其是“洋面会议”，是他让闽东革命的星火，保存了日后燎原的希冀。叶飞与闽东苏区人民，那种血与肉的情啊，不可分离！

八年北上抗战，叶飞率领闽东老六团辅佐司令员粟裕，韦岗伏击日军车队，毙敌土井少佐。改名叶琛，率领“江抗”深入敌后夜袭浒墅关全歼日寇，是叶飞革命人生的一大手笔，而挺进常熟驰骋阳澄湖上，播种芦荡火种，让沙家浜的沙奶奶们重见天日，更是叶飞革命生涯的神来之笔。火烧虹桥机场、黄桥决战、车桥决战等，处处体现了叶飞一代将才的英雄本色。

三年解放战争，叶飞挥师参加了宿北战役、鲁南战役、莱芜战役等，在百万军中取上将首级如同探囊取物，尤其是亲率两支纵队与友邻部队会师鲁西南，配合刘邓大军挺进大别山，豫东战役辅佐刘邓进行大兵团作战，一举改变了我军中原战场与华东战场的战略态势。

建国前夕，叶飞又再次挥师渡江，攻克南京、杭州，直至南进解放福州、厦门。建国后，叶飞被中央军委授予上将军衔，从此，在国家建设的长征路上道义荷两肩，军政共一担。

红叶归根，百年斯人；让人景仰，一代星辰。在闽东苏区创建 80 周年和叶飞副委员长诞辰 100 周年的今天，叶飞同志的风神依然如昨、闪烁乾坤！

（此文 2014 年 6 月 6 日发表于《福安乡音》“白云山下”）

勇士辉煌化金星

“为了祖国，向我开炮！向我开炮！向我开炮！”影片《英雄儿女》中的王成，手持报话机向志愿军总部喊话，随后，他怒目圆睁，怀抱炸药包，纵身跃入敌阵，顿时“敌人腐烂变泥土，勇士辉煌化金星”！当年，多少国人被这一银幕画面感动得热血沸腾，热泪盈眶！

可谁知，王成的人物原型就是我军“特级战斗英雄”连长杨根思。杨根思所属的部队第九兵团20军，也就是现在的中国人民解放军第20集团军。该集团军的前身就是以闽东红军战士为主体的“江南抗日游击纵队”和稍后改编的新四军第六团，也就是闽东人简称的“老六团”。

当年，毛泽东主席曾赞扬这支部队：“这个军队具有一往无前的精神，它要压倒一切敌人，而决不被敌人所屈服。无论在任何艰难困苦的场合，只要还有一个人，这个人就要继续战斗下去。”《英雄儿女》所反映的朝鲜小高岭战役，王成（杨根思）怀抱10公斤炸药包，拉响导火索，毅然决然冲向敌群，与40多个敌人同归于尽，就体现了伟人评价这支部队是多么的精准！

类似这样的英雄壮举又岂止一两桩？！

闽东革命处于低潮时期，“红色耶稣”凌福顺，为掩护战友突围，把敌人引向自己，最后受伤被俘。面对敌人严刑拷打，不肯说出党的秘密，最后被敌人钉在十字架上施以凌迟酷刑。死前他高声呐喊：“我凌福顺会绝代，但是革命永远不会绝代。”壮哉！伟哉！闽东人民的好儿子凌福顺，临终前还不忘喷放铁心向党的豪迈！

同处闽东革命低潮时期的“孤胆英雄”詹如柏，同样是闽东人民的骄傲！当年，遭叛徒出卖被白匪所捕，敌人妄想在他那里挖出我党的组织秘密，结果没从他嘴里撬出半个子儿消息，竹篮打水一场空的敌人恼羞成怒，将他处以剐刑。闽东人民的好儿子詹如柏就这样视死如归，慷慨就义！

淮海战役，“畲族雄鹰”蓝阿嫩在那场战役中壮烈牺牲。这位闽东畲族人民的好儿子，先后经历了南方三年游击战争、抗日战争和解放战争，参加了血战黄土塘、夜袭浒墅关、火烧虹桥机场等诸多战斗；1948 年牺牲时，他是华东野战军一纵一师一团的副团长，堪称英勇善战之模范。

这是一块超重的土地，历史当年在这里曾发出惊悸！

马立峰、詹如柏、阮英平等革命家，以及非闽东籍的老一辈革命家邓子恢、叶飞、曾志等，当年是怎样在艰难困苦的恶劣环境下坚持革命斗争，带领闽东人们取得一个又一个的胜利。“兰田暴动”“甘棠暴动”“霍童暴动”，他们为建设闽东苏区“五百里红色政权”抛头颅、洒热血，建立了不可磨灭的功勋！而后的八年北上抗战，闽东红军同样英勇奋战、所向无敌，韦岗伏击日寇，击毙敌土井少佐，组织“江南抗日游击纵队”，深入敌后夜袭浒墅关全歼日伪，改编成新四军向西转移，挺进江苏常熟，驰骋阳澄湖上播撒芦荡火种，让“沙家浜”的老百姓重沐天光！

啊，火烧虹桥、黄桥决战、车桥决战，无不闪烁闽东将士的光芒，最是宿北战役、鲁南战役、莱芜战役，所有战役都彰显了闽东儿女英勇无畏的铁血本色！百万军中取上将首级如探囊取物，陈挺、黄烽等一批共和国少将，当年也着实让闽东人民扬眉吐气，倍感荣光！

啊，会师鲁西南，挺进大别山，参与中原战场，华东战场的大绝唱。最为写意的是，即使在中华人民共和国成立后的国家建设长征路上，闽东的英杰们也是同样铁肩担道义，热血铸长城！壮哉！闽东勇士！伟哉！闽东儿郎！

80年风狂雨骤，80年地覆天翻。“为什么战旗美如画，英雄的献血染红了她。为什么大地春常在，英雄的生命开鲜花！”在纪念闽东苏区创建80周年的日子里，我们重温当年“勇士辉煌化金星”的壮烈画卷，心中总是豪情满怀，心潮激荡，并油然勃发一种为中华民族伟大复兴而奋斗的正能量！

（此文2014年11月29日发表于《福安乡音》“文史星空”）

双枪李然妹

1936年7月的一天，浙江省泰顺县南门外，阴霾密布，腥风大作。一处叫作“跑马坪”的开阔地，堆满了荷枪实弹的国民党兵。是日，这里的空气几乎要凝固，令人窒息。开阔地的中央，树着两根圆木，两位衣衫褴褛、遍体鳞伤的青年妇女，被捆绑在圆木上。她们面对穷凶极恶的匪徒，大义凛然，威武不屈，怒睁双眼，逼视敌人。

一匪首对两位妇女歇斯底里地狂叫：“说不说？不说出地下党头目就统统枪毙！”

“呸！无耻的畜生！你们不要白日做梦！”其中一位身材高挑的妇女怒斥道。气急败坏的匪首挥着手臂，顿时，一排士兵举起了步枪。

“打倒国民党反动派！”“中国共产党万岁！”随着“砰砰”两声枪响，两位青年妇女倒在血泊中……那位身材高挑的妇女叫李然妹，才24岁；另一位叫吴丽容，年纪和她相差无几。

李然妹，出生于福安县马山村一个贫苦农民的家里。家中只有老实巴交的父母，长年累月给地主打工。母亲由于积劳成疾，终于一病不起。小小年纪，李然妹就帮助父亲挑起了生活的重担。“昼昏昏兮夜暗暗，缺少吃来缺少穿；凄风苦雨透心凉，日子难熬断人肠。”童年的李然妹，幼小的心灵就种下了对黑暗社会仇恨的种子。

“哪里有剥削，哪里就有斗争；哪里有压迫，哪里就有反抗。”1930 年秋，溪北洋农民在马立峰、詹如柏等人的组织领导下，建立了农民自治会（简称农会），农会对地主老财等反动势力开展了“五抗”斗争，动摇了国民党当局在溪北洋的反动统治。因此，国民党反动派就对革命者和农会进行疯狂的武装镇压。血的事实让闽东革命者认识到，要取得革命斗争的胜利，就必须建立起工农革命武装，用枪杆子来保卫革命政权。

当年只有 18 岁的李然妹，目睹了革命与反革命阵营的攻防对垒，在当地党支部书记郭怀庆的引导下，毅然参加了革命，并组织发动妇女参加斗争，由于表现卓越，她被党组织吸收为正式党员。

1932 年 9 月，中共福安中心县委在溪北洋发动了“兰田暴动”。李然妹在武装斗争中经受了暴风骤雨般的考验，并不断成长成熟。翌年，已担任上南区委宣传委员的李然妹，在与革命者吴基现的交往中产生爱情，并结为伉俪，在革命的征途中夫妻俩并肩作战，屡立战功。

作为宣传委员，李然妹的主要任务是宣传发动妇女投身火热的革命斗争。李然妹的宣传鼓动很有说服力，许多妇女在她的引导下，挣脱了封建束缚，解放了旧思想，积极参加支前生产。编草鞋的编草鞋，织毛巾的织毛巾，缝衣被的缝衣被，给红军和游击队送去了温暖。李然妹还在福安城关妇女中发展党的外围组织，成立革命互济会，使革命斗争如火如荼，如鱼得水。她与姐妹们以探亲为名，进城张贴革命标语、散发革命传单，搅得敌人心惊胆战，惶惶不可终日。在生活上，她节衣缩食，把省下来的钱物捐给组织。工作上，她自告奋勇，屡次冒着生命危险，进城为红军、游击队购买药品和其他生活用品，并机智地与国民党人员周旋，弄到步枪子弹。

1934 年，国民党调集重兵“围剿”闽东苏区，担任红军二团四连连长的吴基现在反“围剿”中身负重伤。李然妹闻讯赶去探望，由于任务在身，她挥泪告别丈夫，跟随部队转至周墩一带坚持斗争。1935 年，敌人实行“三光”政策，李然妹夫家及娘家均遭洗劫，家毁人亡，幼小的女儿也被夺走生命。李然妹听到噩耗如万箭穿心，欲哭无泪，失去亲人的她，此时只有一个信念：工作、工作，斗争、斗争。这时，组织上派她到闽东北和浙南一带开展工作。福寿泰是闽浙交界地带，群众生活极其艰苦，而做党的工作也最有基础，李然妹与当地游击队接上关系后，很快发动群众打开了工作局面。她能使双枪，经常与游击队员练射击，闽浙一代还流传有这个“双枪女将”的故事，足见这位英雄的魅力。

1936 年 5 月的一天，李然妹与战友吴丽容在泰顺上地洋召开党的工作会议，因当地保长告密，两人不幸被国民党军警抓捕。敌人对两人百般折磨，老虎凳、辣椒水、烧烙铁无所不用其极，甚至无耻地用铁丝穿破她们的胸脯……刑场上，李然妹与她的战友大义凛然，怒斥敌酋，视死如归，慷慨就义。

今天，闽东与浙南已是春雷激荡，春潮澎湃。我想，李然妹如看到家乡秀丽的春色，一定会含笑于九泉的！

（此文 2014 年 11 月 29 日发表于《福安乡音》“文史星空”）

岭后开遍映山红

春夏之交，草木际天，映山红绚烂于山间。我和福安市老促会会长雷逢德，专程前往闽东苏区革命基点村福安松罗，探访当年救曾志的畲嫂蓝金妹的长子钟奶春。

耄耋之年的钟奶春，人略瘦，背微驼，然耳聪目明，记忆还算行。他边和我们话家常，边带我们到岭后老厝的遗址观瞻，一路上他还向我们讲述了当年母亲救曾志的一般经历：

民国二十三年（1934 年），闽东革命最是紧困。那年 8 月，时任闽东福霞县委书记的曾志恰患重病。原先，她在杜坑一蔡姓人家家里养病，后来，组织上考虑杜坑村大目标也大，就将她转移到毗邻小村秀坑一农妇家里。但是，当时白色恐怖笼罩整个苏区，白匪还是发现了曾志藏身处的蛛丝马迹。他们扑向秀坑，企图置曾志于死地。这当儿，农妇家的阿黄在门口"汪汪"地吠了起来，警觉的曾志一骨碌从床上跃起，拖着病体火速从后门溜出并向山上跑去。一路上，她急促小跑喘着粗气，跑着跑着跑到岭后村的山路上时，她眼前一阵漆黑，终因体力不支昏厥过去。这时，正在山上拾柴草的岭后村畲家大嫂蓝金妹（又叫蓝金斌），看到曾志昏倒路边，又听到远处枪声阵阵，意识到是革命同志遭遇白匪追击。她俯身试图摇醒曾志，可此时的曾志已不省人事。想背曾志离开这里，自己背上又裹着三岁的孩子，怎么办？怎么办？事态紧急，不得迟疑，蓝金妹毅然解下裹布将孩子放在草丛里，然后背起曾志向山间隐秘处转移，她把曾志藏在一个偏僻的山洞后，便返回原地寻找自己的孩子，可怎么寻找也找不到孩子的踪影。她蹒跚回到村里四处呼唤，终于在一大娘家找到了自己的宝贝。原来大娘见村人都往山上撤离，自己也跌跌撞撞跟了出去，可年纪大了，怎么也跟不上他人，便在一处路旁休息。这时她听到有孩子在草丛中啼哭，见周边没人便将孩子抱了回来。

曾志躲过了一劫，畲家孩子也化险为夷，这可是不幸中的万幸了。然而，畲嫂蓝金妹救曾志的事儿还是被好事者传了出去。白匪要找蓝金妹秋后算账呢。一天，几个匪兵突然闯进蓝金妹家里，这时，蓝金妹不在家，匪徒扑空后就四处找寻。一天，蓝金妹还是被白匪发现了，她跑呀跑呀跑到山上，白匪在后面追呀追呀，就差一段距离。金妹跑到一处山崖边时已无路可遁，白匪在后面嘶喊：“站住，不然就要开枪了。”蓝金妹心想，被枪打死也是死，跳下山崖也是死，就纵身一跃跳了下去。白匪赶到崖边一阵射击，躲在暗处观察的金妹丈夫听到枪声以为妻子必死无疑。受此惊吓，丈夫回到家后便一病不起，不久便与世长辞了。

“天哪！金妹被杀，丈夫身亡，留下这不谙世事的孩子怎么办？”村人正为金妹一家的不幸揪心时，金妹却偷偷潜回家中。原来，她跳下山崖只受了点皮肉伤，在山里躲了一些日子以为事态平息就溜回家里，想不到丈夫却溘然离世。这种打击犹似晴天霹雳，天塌了一边，这对一个农村弱女子来说，着实无力撑起这个家庭。不久，在媒妁的撮合下，蓝金妹便改嫁到霞浦一个叫尼姑庵的小村，嫁给了一个比她大十五六岁的农民郑阿根。在郑家，蓝金妹蓄意隐姓埋名，在郑家为丈夫生下一男二女，男的叫郑夏生，二女分别叫郑阿莲、郑爱凤，加之带来的前夫之子钟奶春，一家六口在小山村过着日出而作、日落而息的农耕生活。

黑夜终被撕破，东方揭开黎明。新中国诞生后，曾志与丈夫陶铸为找寻救命恩人蓝金妹曾费尽苦心，然而原先的山村岭后、秀坑均遭白匪洗劫，四处已是残垣断壁，杳无人烟。蓝金妹是死是活，邻近村民也无人知晓，这让一代巾帼伟杰曾志久久悬着一颗思念之心。天意从来怜忧草，蓝金妹的子女们一天天长大了，生活中，他们偶尔听到妈妈讲那过去的事情。知道了母亲曾救曾志的传奇，当地政府也从蓝金妹和个别老村民的口中证实了当年畲嫂救曾志的事迹。消息传到曾志那里，曾志多想早日从北京飞到闽东山村，去看望慰问当年自己的救命恩人呐！1984年，恰逢闽东苏区创建60周年纪念大会在福安举行。机会终于来了，曾志携子女风尘仆仆来到闽东苏区福安，她盼望见到朝思暮想的救命恩人蓝金妹，然而却被告知，蓝金妹已于上年去世了。在闽东畲族革命纪念馆里，曾志望着墙上悬挂的蓝金妹肖像，瞅着瞅着便潸然泪下，心痛不已，这让在场陪同参观的同志两眼发潮，喉头打噎……一个革命者和一个普通畲族农村妇女挥之不去的革命情结，是那么令人感到纠结！

如今，畲嫂蓝金妹离开我们已整整三十年，革命家曾志也在八宝山安息多年，蓝金妹膝下的四个儿女中最小的也上了花甲之年。历史是一本永恒的书籍，它讲述着一个普世的哲理：爱，是不能忘记的。昨天，发生在松罗岭后的故事，永远是那么感人。今天，岭后那一片土地，已让映山红映红天际！

（此文2014年7月6日发表于《福建日报》“武夷山下”）

戎马倥偬挺英豪

甲午马年恰逢闽东苏区成立 80 周年，这让我想起了戎马一生的陈挺将军，新中国成立后，他是闽东的第一位将军。他于 1930 年加入中国共产党，1932 年参加“兰田暴动”，随后加入闽东工农游击队，1955 年被授予大校军衔，1961 年晋升少将。荣获二级八一勋章、二级独立自由勋章、二级解放勋章和一级红星勋章等荣誉。2005 年 2 月 18 日，他在苏州逝世，享年 94 岁。

陈挺，福安人称他为“福将”，可他的童年和青少年却苦不堪言。1911 年 10 月，一个风雨如磐的夜晚，福安县上白石乡山头仔村，一个穷苦农民的家里一个婴儿呱呱坠地，这个婴儿就是日后成为共和国将军的陈挺。目不识丁的父母想在日后能让孩子顺利地读上书，便给他取了个乳名叫“顺书”。顺书没读上一天书，父亲便积劳成疾撒手人寰。孱弱的母亲带着年幼的顺书改嫁到潭头乡后洋村一个同样穷苦的农民家里。在苦水中泡大，在苦难中挺立，母亲和继父给顺书取了个名字叫陈挺。

15 岁那年，陈挺就到篾匠詹邦成那里当学徒。经常跟师傅外出干篾活，他慢慢练就了一双铁脚板，“上路如奔月，下路似追风”，闾间就给他取了个绰号叫“下路追”。三年学徒期满，师傅见陈挺根红苗壮，就下意识给他讲革命道理，经当地革命家詹如柏的大哥詹如焕介绍，18岁的陈挺就加入了中国共产党。翌年，福安乡间掀起了“五抗”斗争，陈挺挺立潮头积极投身这场革命。1931年，中共福安县委组织了一支10多人的秘密游击队，陈挺是队员之一。革命斗争须有枪支弹药，陈挺等人在游击队队长叶步青的带领下，趁黑夜翻越瓮窑村一户朱姓土豪家的大院，缴获了土豪的大量浮财，并利用这些浮财购买了枪支弹药，为来年的“兰田暴动”——向闽东国民党反动当局打响第一枪，创造了前提条件。兰田暴动，陈挺等人缴获国民党18杆枪支，使“闽东工农游击第一支队”的家底增厚了几许。不久，国民党急调一个营的兵力，加之当地反动组织民团、大刀会纷涌至革命基点村对革命者进行“清剿”，一支队政委江平等人惨遭毒手，这大大激起了青年陈挺的义愤，为死难的同志报仇，陈挺和一支队的两个战友作为先遣队，决定突袭棠溪，捣毁民团的炮楼，并杀一杀大地主陈永祯的嚣张气焰。那天，陈挺乔装农民与战友悄然来到棠溪街巷，正当陈挺等人想靠近民团炮楼的岗哨时，一个旧日认识陈挺的挑夫不经意叫起了陈挺的绰号“下路追”，并嚷嚷：“听说你去干共产党了，怎么还在这里？”经这一嚷，陈挺暴露了身份，引起了附近民团岗哨的警觉。这当儿，陈挺3人只好提前行动，村口站岗的团兵正伸长脖子张望，被前面的队员一枪击毙，村口顿时像蜂群炸开了锅。陈挺3人趁乱拐进陈家祠堂直逼陈家大院，陈永祯的地方武装毫无防备，又被陈挺等抱走了10支步枪和1支短枪。突袭棠溪，大显了陈挺等人的英雄本色，亦开创了闽东地下党武装斗争的奇迹。

1933年，国民党19路军发动了反对蒋介石的“福建事变”。

翌年，福安中心县委趁势领导发动农民暴动占领了闽东重镇——赛岐。暴动期间，陈挺发现赛江上有一艘船只悄悄驶离，他来不及报告支队，便只身驭船追击，在一处江面上终于截获了土豪的船只，缴获了丰厚的浮财，这笔浮财的获得不但为日后革命斗争储备了物质基础，而且也把闽东红军的武装斗争推向了高潮。攻打秦屿，是陈挺所在的闽东红军独立团首次在太姥山一带的野外出击。当时，敌强我弱，在攻打时接连牺牲了吴排长和几位红军战士，团长不得不命令部队撤了下来。在田仔尾村休憩后，陈挺请示团长："敌人以为我们撤离了，这时一定十分麻痹，让我带领短枪队兄弟悄悄进去杀他个回马枪，肯定能取得胜利。"这时，叶秀藩亦带领一支短枪队前来增援独立团，陈挺的胆儿更壮了，他再三请求团长准予出兵，好说歹说，终于说动了团长，陈挺把队伍带到离敌阵地 100 多米的低洼地里，瞅准机会突然发起进攻，他喊了声："冲！"短枪队员忽地跃起向敌人猛扑上去，敌人想不到红军会卷土重来，吓得四处逃窜，秦屿终于落入红军之手。几天后，闽东工农苏维埃政府在福安县柏柱洋的斗面村正式成立，陈挺欢欣鼓舞地迎接了闽东革命高潮的到来。

1934 年，随着中央红军红七团的北撤，国民党军队大规模围剿闽东苏区，许多革命领导人被捕后壮烈牺牲，闽东革命斗争进入了低潮。11 月，陈挺被詹如柏派到红军福寿独立营任营长。说是营长可手下只有 70 多人 30 多条枪，面对人数众多的国民党军队，他为保存实力，只好将队伍拉到家乡周围的山里打游击。1935 年 4 月，就在国民党成立福安"新十师剿共指挥部"的同时，在福安的大山深处，陈挺任团长的闽东红军独立师第四团也正式成立。在三年艰苦卓绝的游击战争中，第四团的首战是仙蒲伏击战，在叶飞的布置下，红军战士隐蔽在霞浦与福鼎交界的树林里，等敌人大摇大摆地进入伏击圈后，陈挺打响了向敌开火的第一枪，全团战士英勇出击，100多个敌人不是被打死，就是被俘虏，这一战打出了第四团的威风，也打出了陈挺当团长的声望。

1936年年初，国民党军队倾巢出动“围剿”红军。陈挺寻思怎样才能让敌人尝尝红军的铁拳，他突然冒出一个念头，要摸一摸老虎的屁股，到霞浦城关去拔几颗虎牙。他听说县城敌人大部都进山去“围剿”红军只留下少数部队。他挑选了8名精兵，组成突袭小分队，趁着敌人毫无戒备突袭了城里的民团，打死了2个敌人，缴获了7支长枪，这一战收获虽小，但影响却大，给不可一世的敌人以敲山震虎的威慑，致使当地民团天一黑就紧闭了城门。

1937年，抗日战争爆发，全国抗日救亡呼声高涨，可在闽东的国民党军队还未停止围剿工农红军，仍在执迷不悟地打内战。陈挺团部被迫在亲母岭与国民党军队进行闽东三年游击战争的最后一仗，这一仗全歼国民党省保安二旅一个连，缴获大量枪支弹药。

“山高路远坑深，大军纵横驰奔。谁敢横刀立马？唯我彭大将军！”这是当年毛泽东主席写给彭德怀同志的六言诗。如将此诗改赠陈挺将军亦颇为贴切。在闽东，“谁敢横刀立马？唯我陈大将军”！国共联合抗日后，陈挺带领的独立师一纵300多人在桃花溪被编入国民革命军福建抗日游击队第二支队，不久改编为新四军第三支队六团，叶飞任团长，阮英平任副团长，陈挺任一营营长。1938年春节刚过，第六团就奉命开赴皖南投入抗战。抗战期间，陈挺先后任六团一营营长、江南人民抗日义勇军第二支队支队长、新四军第六师十八旅五十二团团长、苏中军区特务三团团长等。在江阴地区，他开辟了一个又一个抗日战场，取得一系列大大小小战役的胜利，让日寇闻风丧胆。朱家围一仗，打败了超过自己营部500多人的日本鬼子，赢得了“江阴老虎部队”的美名，被谭震林誉为“敢打劣势战、逆风战、危局战”的“老虎”。

在解放战争中，陈挺在政治、军事上的谋略又有质的飞跃，他先后参加了著名的宿北、鲁南、莱芜、孟良崮、豫东、淮海、渡江、上海战役，迅速成长为我军的一位优秀高级指挥员。解放战争时期，陈挺先后担任山东野战军第一纵队一旅一团团长、华东野战军第一纵队一师副师长、三师师长。尤其在豫东战役，陈挺所部攻击黄伯滔的第三快速部队，歼敌9万多人。淮海战役，陈挺所部与友邻部队歼灭黄伯滔兵团1.37万人，接着又全歼杜聿明兵团。

中华人民共和国成立后，陈挺任福建军区第三（福安）军分区司令员、中国人民解放军二十八军八十四师师长、福建省军区参谋长、副司令员、福州军区副参谋长、福建省军区副司令员、江西生产建设兵团副司令员、江西省军区副司令员、福建省军区副司令员、顾问等。陈挺的一生，是戎马倥偬的一生，是英勇豪迈的一生，他热爱祖国的精神，他热爱人民的品格，与山河同在！与天地共存！

（此文2014年4月发表于《炎黄纵横》）

后记

都说凡事不过三，然出版著作可另当别论，且可多多益善。

过一两年，就要“解甲归田”的我，今日里才向亲们捧出滥竽充数的第三册散文拙作，确实是没有什么值得夸耀的，惭愧耶，惭愧！

恐怕有人会问：大半生都随缪斯舞步起舞的舍人，这么多年仅出了这单薄的三册“孤本”，尔是否有点儿低能？余的回答是肯定的。靠自学一路走来，犹盲人摸象，即使禀赋不赖，也免不了保留一点儿原始的鲁拙愚钝；殊不见堂吉诃德，脑袋出现盲点时，也会跟风车战得癫癫疯疯！

然而，话又说回来，这些年来，余并非慵懒不刻苦登攀；盖缘于当下，你想在一定层级的报刊发表作品，即使你水平一般一般，在当地甚至可以排到第三，你也不是可以随心所欲想发表就能发表的，更何况笔力欠逮的舍人耶！因此，余之创作的冲动，有时便不经意间受到窒息而胎死腹中。

今年，中宣部“风儿轻轻吹”，“记住乡愁”惹人醉，一枚枚“雨花石”终于破土曜翠微。受此启迪，余便望尘追风起舞嘤嗡，“吟哦”了若干篇关涉“乡愁”的拙文，并把这一“标签”堂而皇之地贴上了这帧散文集的首封，这就是余之《永远的乡愁》书名借用的“身份证”。

这册集子的第一辑“骈羽拾零”，是余“外师‘古人’，中得心源”的骈体文札习，虽寥寥篇什，然对“书读的少”的舍人而言，那可花费了不少的心力和精力啊！因为写这种东东，余是断不敢造次忽悠亲们的，即使有其心，亦是装逼不来的，是故为撰兹篇什，真是“两句三天得，捻断几根须”呐！

这拓集子的第二辑“散札掇片”，是余在这两年间所掇到的散言碎片。这些碎片尽管粗糙不堪，然或许有少量云母镶嵌其中，在晴朗的日子里拿出来晾晒晾晒，说不定能瞅到一丝光泽，如果亲们能睨到些许亮色，余也就心头阳光了。

这帧集子的第三辑“舌根撷趣”，几乎是余儿时凝固在舌尖上的记忆。谁不说俺家乡好？得儿哟，依儿哟！家乡的小食风味独特，家乡的水果鲜甜脆嫩，家乡的尤物地道纯正。一句话，吹惯了家乡的风，喝惯了家乡的水，舌尖上的家乡，总是够味、够萌！

这本集子的第四辑“岁月爪泥”，是余在特定的时段，为生息在这块沃土上的革命先驱或仁人志士所作的特写存照：红叶纷飞、将星闪耀、勇士辉煌、志士歌扬……呼儿哎哟！他们的英雄事迹，深深打动了我之心扉，掐断了我之泪腺，余为之立言摹状，尤觉有一种汩汩然、欣欣然也欤！

承蒙中国当代著名诗人、散文家、省作家协会副主席朱谷忠先生，再次拨冗为拙集作序，诚乃余之三生有幸焉！拙集的付梓还得到当地政府、宣传部和部门领导，以及余之恩师社会各界朋友的支持和鼓励，余对他们的古道热肠心有戚戚焉，只能放之五内铭感！

杨昌长

2015 年 6 月 30 日